2000 마일

2000마일
자 전 거 를 타 고 달 릴 때 내 가 하 고 싶 은 이 야 기

글 사진 양동준

◆ HEXAGON

2000마일은

55일 동안 피터 폴 앤 메리와 함께

자전거를 타고 한반도를 크게 한 바퀴 돌며 기록한

포토 에세이다

자전거에는 카메라와 텐트 침낭 코펠 버너...

폴과 메리가 탑승했다

피터는 자동차 대신 어디든 갈 수 있는

저자의 자전거 무츠 리고무티스를 명명한 이름이며

폴과 메리는 친구 장동호 도예가가

작업실에 얹혀사는 길냥이들을 흙으로 빚은

암수 한 쌍의 고양이 이름이다

설악해수욕장
SEORAK BEACH

· 낙산사
Naksansa Temple 3.5km

후진항
Hujin Harbor 0.5 km

정암해수욕장
JEONGAM BEACH

2

제열이와 성열이에게

자전거는
내 곁에 가장 가까이 있는
친구다
내 마음을 백 퍼센트 수렴하며
몸과 마음을 자유롭게 하고
건강하게 한다

자전거 여행은
순수한 몸의 동력으로
느리거나 빠르지 않게
적당한 속도로 움직이며
세상을 보고 느끼는 여행이다

보지 못했던 것을 보게 되고
생각하지 못했던 것들을

생각하게 된다
좁은 골목에서 출발해도
땅끝까지 갈 수 있으며
좀 더 가까이
좀 더 섬세하게 볼 수 있다

자전거 여행에서
80퍼센트는 혼자의 시간이다

바퀴를 굴리며 달리다 보면 우리가
살고 있는 이 땅이 그리 넓지 않다는
것을 알게 된다 80퍼센트 정도의
땅에는 사람이 살지 않고 사람의
모습을 볼 수 없는 오지와 같다는
것도 알게 된다

자전거를 타고 도심을 벗어나면
자연의 모든 것들과
하늘과 땅이 친구가 된다

문명화되지 않고 문자를 사용하지
않는 것들이 우리에게 얼마나
소중한 것인지 자전거를 타고
달리다 보면 알게 된다

55일 동안 쉬지 않고 달린 거리는
3,000여 km 정도다
묘하게 이 거리는 투르드프랑스
대회와 비슷한 거리다

투르드프랑스는 1903년에 처음 개최되어 매년 프랑스와 그 주변국을
무대로 3주 동안 사이클로 21개 스테이지를 달리는 지옥의 레이스다
지구 위에서 개최하는 모든 대회 중 가장 힘든 대회로 알려져 있다

나는 피터 폴 앤 메리와 함께 북쪽으로는 민통선 가까이 동서 남쪽으로는
해안선에 붙어 투르드프랑스와 비슷한 거리를 달렸다 하지만, 그만큼 힘들지
않았다 물론 지옥의 레이스도 아니었다 페달을 젓는 동안 나는 그 어느
때보다 자유로웠으며 즐거웠고 행복했다
혼자일 때 온 힘을 다 하고 기운이 빠지고 생각도 없어질 때
그때 비로소 편안해지고 여유로워진다는 것을,
비어있는 곳이 채워진다는 아주 쉽고 간단한 진리도 알게 되었다

글을 마무리되는 시간이 공교롭게 4월이었다
첫 번째 책을 마무리할 때도 4월이었다 세월호가 가라앉은 바로 그 해였다
4월이 오면 언제나 97년에 태어난 아이들을 생각하게 된다

민통선을 벗어나 고성부터는 늘 곁에 바다가 있었다
바다는 물리적으로든, 정신적으로든 상상할 수 없는 이 땅의 거대한 뿌리다

여행의 반은 바다가 보이는 풍경이었다
바다를 바라보고 있으면 아직도 그때 사월의 바다가 생각난다

10년 가까이 철인 삼종 경기를 즐겼다 아이언맨 대회는 매년 서귀포 중문에서
열렸다 삶의 전환점에서 트라이애슬론은 도반과 같은 역할을 했다 일종의
수행이었다 7월의 중문 앞 바다 아침 7시 시작을 알리는 총소리와 함께 바다에
뛰어들면 물속은 언제나 현실과 다른 세상이었다 파도와 부딪치는 수면과 달리
편안하고 아늑했다 하지만 세월호가 가라앉은 바다는 그런 바다가 아니다 그
바다를 생각하면 악몽 같았던, 꿈이었으면 좋았을 그때의 기억이 떠오른다

어느새 세월호 참사 10주기가 되었다 97년생 소띠 아이들도 청년 사회인이
되었다 나의 둘째 아들 늦둥이도 97년생이다 이 아이를 볼 때마다 가끔 그때 그
바다가 생각난다 4월이면 더욱더...

자전거 여행은 현실 속에 숨어있거나 가려진 길 위를 달리며 느끼는 시간이었다
미래의 주인공이 될 청년이면 우리가 살고 있는 땅을 밟고 거친 숨을 몰아쉬며
달려보는 자전거 여행을 한 번쯤 할 수 있기를 바란다

평촌에서 j

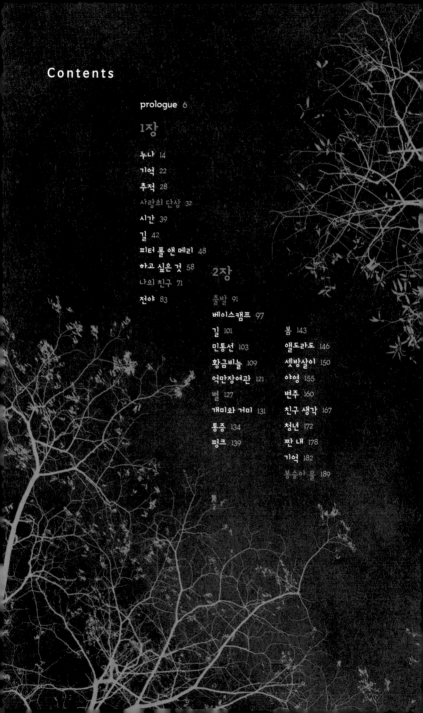

Contents

1장

여행은
널브러진 상념 덩어리가
바람과 햇살에 섞여 사라지는
물리적인 현상,

상념이든 살덩이든
버려지는 것

하나
누나

포플러 나무 그림자가 길게 누운 해 질 녘 운동장에
물안개 같은 먼지를 날리며
꼬불꼬불한 선으로 한 폭의 그림을 그렸다

꼭 잡고 있어야 해
절대로 놓지 마!
걱정 마~
뒤는 보지 말고 앞만 보고 달려
멈추면 안 돼~

시시포스의 돌처럼
에우리디케를 구하려는 오르페우스처럼
절대로 멈춰도 뒤를 돌아봐도 안 된다
시소, 그네, 미끄럼틀, 철봉대...
누나의 말대로 앞만 보고 페달을 밟았다

뒤에서 자전거를 잡아주던 누나가 갑자기 축구 골대 옆에
나타났다
깜짝 놀라 뒤를 돌아보는데
하늘이 빙그르르 돌았다
운동장이 벌떡 일어나 얼굴에 부딪혔다

바보야~
앞만 보고 달리라고 했잖아

다친 상처가 훈장처럼 남아있다

거울 앞에 서면 아직도,
상처 안에 희미하게 누나가 산다

자전거의 인연은 오래전 초등학교 시절 누나로부터
시작되었다
장남인 나는 누나가 둘이다 큰누나는 7살 차이가 나서 엄마
같았고 두 살 차이가 나는 작은누나는 친구 같았다
친구 같은 작은 누나는 어릴 때 소아마비를 심하게 앓았다
꽤 오랫동안 큰 병원에서 통원 치료를 하며 보철 치료까지
받았지만, 좀처럼 회복되지 않았다
누나는 총명한 아이였다 똑똑하고 영리해서 공부도 1등을
놓치지 않았다 하지만, 불편한 다리 때문에 개구장이
아이들로부터 자주 놀림의 대상이 되곤 하였다 그런 불편함
때문이었는지 누나 곁에는 친구가 많지 않았다

누나는 어린 나이에도 달이 뜬 밤처럼 고요하고, 약간의
쓸쓸함 같은 것들과 늘 함께 있었다
초등학교 4학년 때 누나와 함께 산기슭 작은 초가집 앞마당에
화단을 만들었다 계절이 바뀔 때마다 화단에 피었던 꽃들을
보면 누나의 모습이 겹쳤다
봉선화, 채송화, 백일홍, 맨드라미, 과꽃....

초등학교 2학년 때 아버지가 사업에 실패하여 서울 변두리로
이사를 했다 버스가 지나가면 신작로에 먼지가 뭉게구름처럼
날리고 초가집과 논과 밭이 즐비한 이곳은 지명만 서울이지
시골 농촌 다르지 않았다 이 가난하고 심심한 동네에
누나에게 친구가 되어줄 아이들은 좀처럼 보이질 않았다
좀 내성적이고 어린아이답지 않게 생각이 많은 나에게도
친구가 당장 생긴 것은 아니었다 도시에서 도련님 소리를
들으며 자란 아이는 학교에서 돌아오면 심심하고 무료한
시간과 싸워야 했다 그러다가 견디기 힘들면 밖으로 나가서
호젓한 농로를 걷거나 시냇가 돌 틈 사이에서 물고기를
움켜잡는 놀이를 하곤 했다
그런 일상이 반복되던 어느 날 농구선수처럼 키가 큰 누나의
친구가 집을 방문했다
긴 머리를 단정하게 두 갈래로 딴 누나의 짙고 깊은 눈동자와
마주쳤을 때 나는 이유 없이 고개를 숙였다
아주 날씬한 체형에 대문 높이만큼 키가 크고 얼굴은 흰

도화지처럼 하얗고 주먹만큼 작았다 그런 모습과 전혀
어울리지 않게 어른들이 타는 짐을 싣는 까만색 짐 자전거를
타고 온 누나는 싸리나무 대문을 열고 마당 안으로 들어와
누나를 찾았다
무릎 위에 하늘색 레이스가 달린 원피스를 입은 누나의
모습은 왠지 우리 누나랑 달라 보였다 누가 보아도 동화 속의
주인공이 책 밖으로 불쑥 튀어나온 것 같았다
누나는 짐을 싣는 자전거 뒷자리에 나를 태우고 싸리나무
문밖으로 나갔다

덜컹거리는 자전거는 몸을 이리저리 흔들었다 그때 누나의
어깨를 꽉 잡았는데 처음 느껴보는 좋은 냄새가 났다
비누 냄새 비슷한 묘한 그 향기는 정신을 흐리게 하면서도
또렷하게 하는 힘을 지녔고 아무것도 하지 않았는데 숨이
차올랐다 누나의 어깨는 조약돌처럼 단단하면서도 모래알처럼
부드러웠다 나는 누나의 등 뒤에서 가쁜 숨을 몰아쉬며 한낮의
졸음처럼 밀려오는 누나의 매혹에 빠져 숨이 막힐 것만 같았다
지금도 자전거를 타면 가끔 그때가 생각난다 그때 누나 또래의
아이들을 보면 숨이 차게 했던 그 순간들이 떠오른다

자전거는 늘 누나와 겹쳤다 그리고 나도 모르는 사이 누나를
좋아했던 마음만큼 자전거를 가까이하고 아끼며 좋아하게
되었다
아주 오래된 변치 않는 소중한 친구처럼...

둘
기억

자전거를 처음 샀을 때 기억이다

중학교를 졸업하고 8학군에 있는 고등학교를 배정받았는데
통학하려면 버스를 두 번 타야 했다 바꿔타는 곳까지는
걷기에는 멀고 차를 타기에는 버스비가 아깝다는 생각이
들었다 그리고 그 시절 통학 시간에 버스를 타고 내리는 것은
정말 고역 중의 고역이었다 만원 버스에서 시달리다 보면
교복 단추가 떨어지는 것은 일상이고 책가방 끈이 끊어지는
경우도 있었다 그런 날은 책가방에 들어있는 도시락은 밥과
반찬이 섞여 자동으로 비빔밥이 되고 김치통에서 새어 나온
김칫물은 가을 단풍처럼 교과서와 노트를 빨갛게 물들였다
그러던 어느 날 자전거를 타고 학교에 갈 생각을 했다
그때부터 집안일을 도우며 조금씩 용돈을 모아 여름방학이
끝날 쯤 자전거를 구매할 수 있었다
1단 기어에 가을하늘 같은 파란색 사이클은 내가 가장 아끼는

보물 1호가 되었다

집에서 학교까지 비가 오는 날도 지치지 않고 달렸다 생각해
보면 푸른 날개를 펴고 새들처럼 하늘을 날았던 시절이었다
지금도 자전거를 타고 달리면 그때 불었던 바람을 기억한다
자전거를 타고 달리면 하늘에 떠가는 구름이 되거나 새가
되어 하늘을 난다 무겁게 짓누르며 쌓인 것들이 바람과 함께
사라지며 몸도 마음도 모두 가볍고 시원해진다 그때 처음
꿈을 꾸었던 것 같다 자전거를 타고 달리며 세상 속으로
들어가는 여행을....

학교를 졸업하고 사회인이 되어 한참 직장생활을 할 때 88
올림픽 성화 봉송을 하는 모습을 TV로 보게 되었다 그때
성화 봉송로를 여행의 코스로 하면 딱 좋겠다고 생각했다
성화 봉송로를 따라 자전거를 타고 대한민국 국토를 한 바퀴
도는 여행, 바로 이거야!
TV 화면에 눈이 고정된 채 손뼉을 치며 두 손을 모았다

간절한 것은 아니었지만 아주 집요하게 자전거를 탈 때마다
꾸었던 꿈, 그랬던 오래전의 꿈이 현실이 되는 데는 무려
40년 하고도 또 몇 년이 더 걸렸다
그러니 이 여행은 아내를 만나 결혼을 하고 아이를 낳은
것만큼 내 삶에서 의미 있는 일이었다
교복을 입고 자전거에 책가방을 싣고 달리며 꾸었던 소년의
꿈이 드디어 이루어지게 되었다

4월 중순을 D-Day로 잡고 보름 전 카운트를 시작했다
준비물 목록을 짜고 로드맵을 그리며 이미지 트레이닝을
하며 본격적으로 준비를 시작했다

여행이 시작되면,
무엇을 기록할까
어떤 내용을 담을까
카메라 가방이 눈에 들어왔다
렌즈는 24~70? 70~200? 어느 것을 선택할까

서점에 들러 1/500,000 전국 도로 관광 안내 지도를
구매했다 작업실에 들어와 지도를 펼치고 행선지를 따라가며
메모했다 해안선을 중심으로 섬과 도시를 연결해 보니 이동
거리가 3,000여 km는 족히 될 것 같다

열일곱 살 소년이 꾸었던 꿈이 자라 드디어 현실이 된다
생각만 해도 가슴이 벅차올랐다
이 여행은 창백한 푸른 점 지구별에서 60여 년의 시간을
견뎌낸 어른에게 주는 첫 번째 보상이다
 짧지 않을 이 여정을 오로지 즐길 것이다
여행을 마치면 그다음엔 무엇을 할까....

먼 바다를 건너 프라하 광장 석양이 아름다운 곳에서 미인과
차를 마시고 알프스와 안데스를 넘고 고비사막에선 가장
밝게 빛나는 별을 보는 꿈을 꾼다

셋
추적

이름은 양 현우 58년생입니다
87년에 강의를 하신 기록이 있네요
연락처는?
다른 기록이 없습니다

여행을 준비하며 심연 같은 곳에서
피어오르는 누나의 향기가 났다

싸리나무 문
넓은 마당
사과 상자도 실을 수 있는
누나 키보다도 한참 큰 까만색 짐 자전거
유난히 높고 푸르렀던 하늘
그리고 창백했던 누나의 작은 얼굴
문득, 잊고 있었던

보고 싶은 사람들의 모습이 떠올랐다
여행 중에 만나야지
리스트에 이름을 추가하고 연락처를 추적했다
뤼팽을 쫓는 셜록을 꿈꾸던
그때 그 시절처럼

우리가 처음 만났을 땐 그땐,
봉오리가 되려 하는
어린아이였어
멋있는 어른이 되려고 필요한
것을 채우는 시간이었지
그랬던 시간이 바람처럼 지나고
어느새 다 차 버린 어른이
되었어
어른은 그렇게 채워진 힘으로
살아

살다가 어느 날 문득 하늘을
보면
그렇게 사는 내가 보여

관성의 힘으로 산다는 것이
재미없다는 것을 알게 되는 날

죽거나
다시 살거나

넷
사랑의 단상

잠들기 전에 시를 한 편 정독하고
읽고 있는 책들은 3페이지 이상 넘긴다
독서에 대한 예의다

퇴근길에 청계사에 갔다가 물 한 모금 마시고
백운호수를 한 바퀴 돌았다
먼저 가까이 다가서는 것

이것도 바람과 햇살과 손 흔들어주는
풀과 나무에 대한 예의다

롤랑 바르트의 사랑의 단상을 읽다가 성열이 생각이 났다
사랑이 무엇인지 아빠에게 알려준 아이
그런 늦둥이를 생각하며 쓴 편지가 생각났다
내일 학교에 가면 쉬는 시간에 잠만 자지 말고

창밖을 바라보고
선생님 얼굴도 바라보고
친구들 표정도 자세히 보고
모두 어떤 이야기를 하는지 잘 들어 보아라

집으로 돌아가는 길엔
스마트폰만 보지 말고
눈을 감고 오늘 하루 있었던 일들을 생각해 보아라
칠판에 쓰였던 선생님의 글과 친구들의 표정과
교실 창밖에 보였던 풍경의 표정도....

집 앞에 있는 공원을 걸을 때
소음 속에서도 벌레의 울음소리와 새들의 지저귐이 들리고
바람이 지나가는 것을 느낄 수 있으면 좋겠구나
모두 함께 노래하는 합창 소리를
그리고
흥얼거리는 성열이의 콧노래도....

준비물

1. 지도, 휴대전화
2. 고양이, 이동용 집
3. 현금, 카드, 신분증
4. 타이어 교체(로드용으로), 짐받이 설치, 페니어 가방,
5. 카메라, 자전거용 카메라 가방, 24~70, cf 카드, cf 카드 리더기,

배터리 충전기, 외장하드, 아이패드, 허브, 노트, 필기구

6. 텐트, 침낭, 에어매트, 에어 베게, 그늘막, 메트리스, 코펠, 버너,
가스, 헤드랜턴, 의자

7. 비상약, 대일밴드, 영양제, 아미노바이탈, 포도당 캔디, 펑크 패치,
손 펌프, 와후, 전조등, 후미등, 체인 오일

8. 칫솔, 치약, 면도기, 수건, 로션, 선크림, 속옷, 양말, 의류,
바람막이, 우비, 슬리퍼, 모자, 실 바늘

9. 안경, 선글라스, 손목시계, 블루투스 이어폰(충전기)....

나는 사랑하고 있는 걸까...?
그래 기다리고 있으니까

그 사람,
그 사람은 결코 기다리지 않는다
때로 나는 기다리지 않는 그 사람의 역할을
해보고 싶어진다
다른 일 때문에 바빠 늦게 도착하려고
애써본다
그러나 이 내기에서 나는 항상 패자이다
무슨 일을 하든 간에 나는 항상 시간이 있으며,
정확하며, 일찍 도착하기조차 한다
사랑하는 사람의 숙명적인 정체는 기다리는
사람,
바로 그것이다

사랑의 단상/롤랑 바르트

다섯
시간

당신의 다리는 둥글게 굴러간다
장딴지는 바퀴 무늬 근육.... (김기택 시인)

52살 여름에 겨우 쓴다고 김훈 작가는 말했다
62살 여름에 겨우 쓴다고 나는 말할 수 있을까....

스물,
프루시안 블루

야무지고 당당하고 단단한
모두에게 머물렀던

동쪽으로

화정 44km 3:00~

파주 21km 1:28~

문산(도라산역) 19km 1:16~

연천(신망리역) 62km 4:12~

철원(신탄리역) 15km 1:01~

철원(백마고지역) 6.5km 0:26~

철원(도창초등학교) 23km 1:33~

철원(김화초등학교) 7.5km 0:30~

화천(산양초등학교) 31km 2:05~

화천(붕어섬) 18km 1:17~

화천(세계평화의 종 공원) 38km 2:33~

양구(방산초등학교) 17km 1:07~

양구(원당초등학교) 15km 1:05~

양구(해안초등학교) 17km 1:10~

인제(달빛 소리마을) 25km 1:42~

인제(용대자연휴양림) 27km 1:49~

고성(수목화 송정마을 오토캠핑장) 36km 2:27~

고성(명파초등학교) 15km 1:02~

고성(제진역) 3.4km 00:14

꽃은 참 빨리도 시들었네
나에게도 10년은 긴 시간이었던 적이 있었지
추억은 어젯밤에 꾼 꿈만 같다
지나간 날을 자꾸 들춰보는 것은
결심이 필요한 단계
다짐을 하고 반복되는 실수를 하지 않으려는 것

여섯
길

아이패드에서 지도를 꺼내 남쪽으로 가는 길을 냈다
가고 싶고, 보고 싶은 곳이 한두 곳이 아니다
마음 닿는 대로 가고 싶지만, 일정을 무한정 늘일 수는 없다
이번 여행은 지평선, 수평선처럼 원을 크게 그리는 여행이다
사건의 지평선 가까이 가는 여정으로 마음을 크게, 하는 여행
바다를 바라보며 방향을 다시 해안가 길로 잡았다

기회가 다시 오면 내륙은 그때 보기로 하자
그리고 또, 기회가 온다면 압록강 두만강까지....

소풍을 기다리는 소년처럼 떠날 것을 생각하니 가슴이 뛰었다
일주일쯤 그냥 휙 지나갔으면 좋겠다
15년 전 히말라야 원정 준비를 할 때 사용했던 터널형 비바크
텐트를 배낭에서 꺼내 펼쳐보았다

주마등처럼 그때 기억이 스쳐 갔다

보고 싶은 악우들....

k는 결혼하고 아이 낳고 그때 나의 모습이 되었겠다

중고 장터를 훑어 1인용 텐트를 2만 원에 직거래하기로 했다

알리 발 제품일까? 아니면 나눔 행사를 하듯 싸게 파는 걸까?

냉큼 사겠다고 했는데 품질이 어떨지 궁금했다

코베아 '피코' 가 가성비 좋고 편하게 사용하기에

적절하긴한데....

타이어도 스페어로 가지고 있던 것으로 교체하기로 했다

로드용으로 새로 구매할지 고민하다가 안전하게 산악

오프로드용 허친슨 파이톤 2 타이어를 선택했다

구름성이 로드용보다 부족해 힘이 더 들더라도 안전을

선택하고 몸을 더 많이 움직이는 방법으로....

경비는 최소한으로 쓴다 두 번째 원칙이다

남쪽으로

고성(제진역)~고성(동광초등학교) 40km 2:44

고성~양양(광정 초등학교) 41km 2:47

양양~강릉(경포대 초등학교) 33km 2:13

강릉~강릉(정동진 시간 박물관) 25km 1:42

강릉~동해(망상 초등학교) 15km 1:00

동해~동해(천곡동 성당 수녀원) 11km 00:47

동해~삼척(봉황산) 14km 00:57

삼척~삼척(근덕초 궁촌 분교) 20km 1:22

삼척~삼척(임원 초등학교) 16km 1:04

삼척~울진(부구 초등학교) 흥부 시장, 대수호, 덕구온천 19km 1:17

울진~울진(염전 야영장) 왕피천, 망양정 해맞이 광장 20km 1:20

울진~울진(기성초 사동분교) 20km. 1:22

울진~울진(후포 초등학교) 22km 1:29

울진~영덕(축산항 초등학교) 25km 1:41

영덕~영덕(해맞이 공원) 10km 0:42

영덕~영덕(영덕 어촌민속전시관) 12km 0:49

영덕~포항(월포 초등학교) 20km 1:23

포항~포항(죽전 초등학교) 영일만 16km 1:05

포항~포항(호미곶 해맞이 광장) 44km 2:59

가을
자전거를 탄 소녀
봄바람
고요함
달이 뜬 밤
벌레 우는 소리
잠깐
긴 머리
신두리
성열이

내가 좋아하는 것

일곱

피터 폴 앤 메리

가을엔 단풍이 참 아름답다는 거지요
창문에 튕기는 햇살이 눈 부신 오늘은
초록과 꽃들이 한창 뽐을 내는 봄,
새들이 합창하는 소리도 들었습니다

호미곶을 출발하여 남쪽 바다 다도해 섬들을 보며 가는 길을
냈다 복잡하지만 정교하게 실핏줄처럼 이어진 길
등뼈처럼 곧고 단단하게 뻗은 동해안과 다르다
대동맥처럼 힘차게 흐르는 동해가 남성의 느낌이라면
남해는 심오하고 곱고 깊은 섬세한 여인을 닮았다

고양이를 싣고 갈 적당한 가방을 마트에서 찾았다
와인 부스에서 파는 수입 캔맥주를 담은 가방이다
여행용 가방을 그대로 줄여서 크기만 작게 만든 모양이다
양쪽으로 파티션이 나누어져 있고 밴드로 고정할 수 있게

되어있어 뽁뽁이를 넣어 공간을 메우면 고양이 꼬리를
안전하게 보호할 수 있을 것 같다
어떤 방법으로든 한 마리를 꼭 데리고 가려 했는데 양쪽에
넣어 두 마리와 함께 갈 수 있게 되었다
여행하는 동안, 이 녀석들이 멋진 모델이 되어 줄 것이다
이름은 폴과 메리로 지었다
60년대를 풍미했던 3인조 혼성 포크 그룹 피터, 폴 앤
메리에서 빌려왔다
남녀 공학이 드물고 연애가 쉽지 않던 시절 피터, 폴 앤 메리의
포크송을 들으며 그들 사이의 우정이 부러워했다
사춘기 때 경험이어서 그런지 아직도 이성 간에 우정을
생각하면 피터, 폴 앤 메리가 생각난다
임순례 감독이 연출한 영화 '소와 함께 여행하는 법'에서도
피터 폴 앤 메리 이야기가 잠깐 등장한다
영화도 좋았지만, 피터와 폴 앤 메리 이야기가 반가웠다
엄혹한 시대, 질풍노도의 시기를 지날 때 노래를 듣는 것은
간절한 위로였으며 의지할 수 있는 것의 전부였는지도 모른다
유튜브를 검색해서 500마일을 들었다
턴테이블에 LP판을 올리지 않아도 휴대전화에서 언제든지
들을 수 있으니 정말 새로운 세상을 사는 기분을 느낀다

김훈 작가는 함께 여행한 자전거의 이름을 풍륜이라 지었다
이름이 참 마음에 든다

선물

나태주

하늘 아래 내가 받은
가장 커다란 선물은
오늘입니다

오늘 받은 선물 가운데서도
가장 아름다운 선물은
당신입니다

당신 나지막한 목소리와
웃는 얼굴 콧노래 한 구절이면
한 아름 바다를 안은 듯한 기쁨이겠습니다.

고양이들의 이름을 폴과 메리로 지었으니
자전거의 이름은 피터라고 해야겠다
피터, 폴 앤 메리와 함께하는 자전거 여행
그들이 부른 노래 '500마일' 처럼
우리가 부르는 노래의 제목은 2,000마일이 될 것이다
주말이 주는 여유를 즐기며 이런저런 생각을 적어본다

땅끝으로

호미곶~포항(양포 초등학교) 31km 2:09
포항~경주(문무대왕릉) 20km 1:20
경주~울산(강동 초등학교) 17㎞ 1:10
울산~울산(방어진 초등학교) 22km 1:30
울산~울산(장생포 초등학교) 고래고기 거리, 18km 1:13
울산~울산(간절곶) 대송 야영장 26km 1:44
울산~부산(기장, 용암 초등학교) 대변항 24km 1:37
부산~부산(해운대) 12km 0:51
부산~부산(오륙도 해맞이 공원) 12km 0:49
부산~부산(태종대) 자갈마당 21km 1:28
부산~부산(암남 공원) 13km 0:53
부산~부산(다대포 해변공원) 11km 0:46
부산~부산(을숙도 생태공원) 11km 0:45
부산~부산(오션 초등학교) 6.5km 0:27
오션 초등학교~부산(가덕도 해양파크 휴게소) 27km 1:49
오션 초~창원(광석골쉼터) 야영장, 지해만 생태 온실, 24km 1:39
창원~창원(반동 초등학교) 37km 2:34
창원~창원(우산 초등학교) 16km 1:06
창원~경남 고성군 동해면 장좌리 우두포마을 22km 1:30

우두포마을~통영(창포 마을) 21km 1:24
통영~거제도(송덕 초등학교) 19km 1:16
거제도~거제도(여치 몽돌 해수욕장) 33km 2:15
거제도~거제도(해금강) 9.4km 0:38
거제도~거제도(장승포 해수욕장) 29km 1:59
거제도~거제도(능포 수변공원) 2.5km 0:10
거제도~거제도(외포 초등학교) 18km 1:13
거제도~거제도(한씨네 민박) 13km 0:55
거제도~거제도(황포 해수욕장) 6.6km 0:27
거제도~거제도(하청 초등학교) 11km 0:46
거제도~거제도(양지 초등학교) 12km 0:48
거제도~통영(이순신 공원) 23km 1:34
통영~통영(한려 초등학교 영운분교) 10km 0:43
통영~통영(척포항) 7.7km 0:30
통영~통영(당포항) 7.1km 0:29
통영~통영(박경리 기념관) 2.7km 0:11
박경리 기념관~통영(욕지행 여객터미널) 2.6km 0:11
박경리 기념관~통영(사량도 여객선 터미널) 24km 1:39
사량도 여객터미널~경남 고성 시찬스 게스트하우스 29km 1:56
고성~고성(상족암 군립공원) 22km 1:30
고성~남해(냉천마을) 16km 1:05
남해~남해(모상개 해수욕장) 13km 0:55
남해~남해(꽃내 중학교) 15km 1:01
남해~남해(미조 초등학교) 15km 1:01
남해~남해(향촌 조약돌 해안) 33km 2:15
남해~하동(노량 초등학교) 33km 2:15
하동~하동(고전 초등학교 고남분교) 9.4km 0:38
하동~광양(광양제철 고등학교) 15km 1:00
하동~광양(광양서 초등학교) 34km 2:17

광양~광양(상암 초등학교) 41km 2:45

광양~여수(여수 동초등학교) 40km 2:41

여수~여수(대율항) 21km 1:28

여수~여수(화태 초등학교) 14km 0:55

여수~여수(여수 굴전 여가캠핑장) 18km 1:14

여수~여수(안심 초등학교) 21km 1:25

여수~여수(안일 초등학교 백야분교) 19km 1:18

여수~고흥(영남 초등학교) 28km 1:52

고흥~고흥(염포마을) 34km 2:17

고흥~고흥(남성 어촌체험마을) 20km 1:21

고흥~고흥(지죽도) 22km 1:30

고흥~고흥(풍남 초등학교) 17km 1:09

고흥~고흥(금산 초등학교) 25km 1:42

고흥~고흥(녹동 초등학교 소록도 분교) 13km 0:53

고흥~고흥(도덕 초등학교) 9.8km 0:40

고흥~고흥(과역 초등학교) 25km 1:40

고흥~보성(득량 남초등학교) 26km 1:45

보성~보성(회천 초등학교) 17km 1:11

보성~장흥(관산 남초등학교) 34km 2:16

장흥~완도(고금 초등학교) 25km 1:42

완도~완도(충무사) 6.1km 0:25

완도~완도(약산 초등학교) 6.1km 0:25

완도~완도(당목당 숲공원) 3.9km 0:16

완도~완도(조약돌 해변) 6.3km 0:26

완도~완도(신지동 초등학교) 28km

완도~완도(완도 초등학교) 15km 1:02

완도~완도(군외 초등학교) 완도 수목원 오토캠핑장 19km 1:18

완도~해남(북평 초등학교) 5.2km 0:22

해남~해남(땅끝마을 땅끝 전망대) 23km 1:33

여덟
하고 싶은 것

창문이 열린 채 잠이 들었다
몸이 으스스해 잠이 깼는데 비가 내리고 있었다
해가 뜨기 전에 소리 없이 오는 비는 숲의 정령일까
가까이 오지 않고 언제나 창밖에서 서성이고 있다
춥고 몸살 기운이 느껴졌다

졸다가 잠이 들어 새벽에 눈을 떴다
책상 앞에 앉아 차를 마시며 이런저런 생각에 잠겼다
하고 싶은 것을 하는 것
나는 그동안 얼마나 하고 싶은 것을 하며 살았을까?
아직도 요원한 꿈같기도 하고 아니면...,
곰곰이 생각해 보니 두 번쯤 해 본 것 같다
아내를 만난 것
두 아이를 낳은 것

두 번이면 잘살고 있는 것인지....

여행에 필요한 준비물을 체크하며 인터넷에서 장을 보았다

이틀 전 장터에서 구매한 텐트는 염려했던 것처럼 일회용
텐트처럼 너무 부실했다

텐트를 다시 구매해야 하나 어쩌나 고민하다가 3개월 할부
결제 버튼을 눌렀다

그동안 설악에서 비바크할 때마다 사용했던 터널형 비바크
텐트는 긴 여행에는 비효율적이다

여행 중 해가 진 이후엔 라이딩을 멈추고 야영해야 한다

여행용 고속 충전 보조 배터리(60,000 mAh)도 구매했다

크기도 무게도 가격도 모두 만만치 않다(소비자가 70,000)

기록하고 정보를 이용하는 기기들이 모두 배터리가 없으면
무용해진다

텐트 생활에서 보조 배터리는 필수다

임플란트 치료가 다시 시작되었다

여행을 시작하기 전에 마치기엔 시간이 부족하다

치료를 마치고 출발할까? 하지만 그때쯤이면 날씨가 더워진다

일정대로 진행하고 여행과 치료를 병행하며 두 마리 토끼를
잡는다

병원까지 거리 왕복 100km

첫째 날은 mtb로, 둘째 날은 사이클로 이동했다

병원에 가면 불안하고 긴장도 되지만 의지가 되기도 하고

희망의 기운이 느껴지기도 한다

천사들의 맑고 밝은 모습과 상냥한 태도에 기분이 좋아진다

진료가 시작되면 모든 감각이 소리에 집중된다

치아를 긁는 소리에 솜털이 바짝 일어설 만큼 온몸이 잔뜩

긴장하지만, 몸이 치유되는 느낌은 라이딩 할 때처럼 날아갈 듯

기분이 좋다

오랜만에 긴장했는지 병원에 휴대전화를 두고 왔다

이틀 동안 휴대전화 없이 생활했다

허전한 듯하면서도 알 수 없는 묘한 여유 같은 것이 느껴졌다

집착 같은 것에서 벗어나

'없어도 돼'

'없으면 어때' 뭐 그런 생각....

시끄럽고 복잡한 시장이나 광장에서 벗어나

호젓한 숲을 산책하는 느낌?

무인도에 혼자 여행 온 것 같기도 하고....

카메라에 24~70 렌즈를 장착하고 책상 위에 놓았다

눈길이 갈 때마다 책상 위의 풍경을 담아본다

오랫동안 70~200 렌즈를 사용했다

그러다가 휴대전화 사진을 좋아하게 되었는데

익숙해지는데 적지 않은 시간이 필요했다

그때 겨울 설악에서 내려와 팔현리 작업실로 가는 길

왠지 평소 보다 무겁게 느껴지는 배낭을 메고 홀로 인적 없는

팔현리 밤길을 걷고 있을 때였다
카메라를 꺼내기 귀찮아 휴대전화를 주머니에서 꺼냈는데
그때가 결정적인 순간이었다 그때부터 휴대전화는 써브? 카메라
역할을 성실히 해냈다

오랫동안 잊고 있었던 24~70의 느낌을 추적하는 시간
다시 익숙해질 때까지....

서쪽하늘

땅끝~해남(송지 초등학교) 10km 0:42

해남~해남(화산 초등학교) 18km 1:15

해남~해남(황산 초등학교) 16km 1:04

해남~해남(우수영 초등학교) 13km 0:54

해남~진도(금성 초등학교) 10km 0:41

진도~진도(벽파항) 8.1km 0:33

진도~진도(마산 방조제) 8km 0:32

진도~진도(의동 초등학교) 15km 1:01

진도~진도(의신초 접도분교) 12km 0:50

진도~진도(아리랑 마을 관광지) 남도국악원, 귀성성당, 11km 0:44

진도~진도(국립 진도자연휴양림) 8.6km 0:35

진도~진도(진도 서초등학교) 20km 1:23

진도~진도(진도 백조호수공원) 5.9km 0:24

진도~진도(충무공 승전공원) 9.6km. 0:39

진도~진도(화원 초등학교) 13km 0:54

안부

오래
보고 싶었다

오래
만나지 못했다

잘 있노라니
그것만 고마웠다.

진도~영암(삼호 서초등학교) 13km 0:51

영암~목포(목포 자연사박물관) 14km 0:58

목포~목포(서산 초등학교) 5.8km 0:24

목포~목포(양을산 산림욕장) 금호미술관 8km 0:33

목포~신안(압해 동초등학교) 6.5km 자전거 이동 제한, 승용차 이동

신안~신안(압해 서초등학교) 9.5km 0:39

신안~신안(오도 선착장) 자전거 이동 제한, 승용차 이동

신안~신안(암태 초등학교) 7.9km 0:32

신안~신안(팔금도 팔금 초등학교) 7.5km 0:31

신안~신안(안좌 초등학교) 4.5km 0.18

신안~신안(자은 초등학교) 33km 2:14

신안~신안(오도 선착장) 17km 1:18

오도 선착장~압해 서초등학교 자전거 이동 제한, 승용차 이동

신안~무안(현경북 초등학교) 17km 1:10

무안~무안(해제 초등학교) 9.2km 0:37

무안~무안(지도 초등학교 어의분교) 15km 1:01

신안~신안(증도 갯벌생태공원) 21km 1:24

신안~신안(지명 고등학교) 13km 0:53

신안~신안(도리포 민박) 22km 1:30

신안~영광(백수 서초등학교) 18km 1:14

영광~영광(대치미 공원) 11km 0:54

영광~영광(가마미 해수욕장) 7.1km 0:29

영광~영광(한마음 공원) 5.1km 0:21

영광~고창(구시포 노을캠핑장) 9.4km 0:38

행복

나태주

저녁 때
돌아갈 집이 있다는 것

힘들 때
마음속으로 생각할 사람이 있다는 것

외로울 때
혼자서 부를 노래 있다는 것.

고창~고창(별 헤는 밤 캠핑장) 4.4km 0:18

고창~고창(동호해변 야영장) 동호초등학교 6.4km 0:26

고창~고창(봉암 초등학교) 20km 1:21

고창~부안(줄포만 갯벌생태공원) 12km 0:49

부안~부안(나룻산 공원) 곰소 초등학교 12km 0:50

부안~부안(국립 변산 자연휴양림) 12km 0:48

부안~부안(격포 해수욕장) 9.3km 0:38

부안~부안(변산 해수욕장) 9.6km 0:39

부안~군산(신시도 초등학교) 23km 1:34

군산~군산(무녀도 초등학교) 3.4km 0:14

군산~군산(환야 갤러리) 3.3km 0:13

군산~군산(몽돌 해수욕장) 4.6km 0:19

군산~군산(선유도 초등학교) 2.7km 0:11

군산~군산(신시도 초등학교 야미도분교) 12km 0:47

군산~군산(군산항) 23km 1:31

학의천 자전거길에서 만나는
부리가 긴 하얀 새는
한겨울에도
가늘고 긴 다리가 물에
잠겨있다

점잖은 자세로
물속에 있는 새의 다리와
물속의 오리발처럼
페달을 돌리는 나의 다리

아홉

나의 친구

하늘이 참 맑다
파란 하늘만큼 공기도 맑아 가슴이 뻥 뚫리는 것 같다
친구 작업실에 내려와 이틀이 지났다

아침 먹자!~
동트기 전 뜰에 고양이를 풀어놓고 사진 작업을 하고 있을
때였다
숙취에도 불구하고 친구는 아침을 준비했다
우유와 야채 샐러드, 슬라이스 햄 한 장,
적당히 구운 토스트에 땅콩잼을 정성스럽게 발랐다
프라이팬에 기름 튀는 소리가 들렸다
달걀이 오늘도 쌍 알이다
복권을 꼭 사라고 양배추를 썰며 친구가 말했다
앞치마를 두르고 아침을 준비하는 주방의 풍경이 새롭다

앞뒤가 바뀐 숫자 하나 때문에 1등을 놓친 경험이 있다고 나는
쓸데없는 자랑을 했다
복권에 의지하며 살아내야 하는 위대한 작가의 현실이 쓰리고,
아프다 ^^
행운이 오면 멋진 갤러리를 지어 작품을 모조리 팔아주리라
제발 그렇게 좀 해주라 50%는 너의 몫이다

오래전 일이지만 IMF는 적지 않은 사람들의 삶을 다른
방향으로 바꾸어놓았다
친구도 제이도 그 거대한 강을 피해 갈 수 없었다
그 시절 같은 시기에 S그룹에서 홍보 일을 하던 친구는
주체적인 삶을 모색하던 중 흙을 만지는 삶을 선택했고 같은
일을 하던 제이는 글을 써서 밥을 먹겠다고 펜을 들었다
일터를 떠난 청년 둘은 중년 나이에 새로운 인생 2막이
시작되었다

충무로와 인사동을 누비던 시절 퇴근 시간이 되면 어김없이
친구로부터 전화가 왔다 매일 같은 시간에 오는 전화를
바꾸어주는 직원은 애인에게서 온 전화라며 놀렸다
96년에 친구가 결혼하기 전까지 우리는 '보니와 클라이드'
같은 환상의 콤비였다
매일 저녁 맛집을 찾아 함께 저녁을 먹었다 술 한잔하는 날이
많았지만, 미팅을 주선한다든지 혹은 영화를 보거나 충무로
인사동 주변에 전시회를 보러 가는 경우도 있었다

그러던 어느 날 친구는 예고도 없이 장미꽃을 한 다발 든
여인과 함께 사무실을 방문했다
그 여인은 친구의 아내가 되었다

친구는 결혼하고 허니문 베이비가 생겼고 친구와 만남이
뜸해진 나에게도 비슷한 시기에 늦둥이 둘째가 생겼다
늦둥이의 탄생과 함께 IMF는 삶을 완전히 다른 방향으로
바꾸어놓았다

점심엔 담을 넘어 옆집 마당을 기웃거리는 대추나무 가지를
잘랐다 이리저리 멋대로 뻗은 가지를 낫과 톱으로 정리해서
마당 한편에 쌓아두었다
쨍한 햇살에 송골송골 땀이 맺혔다
나뭇가지에 쓸린 팔뚝에 상처가 빨간 색연필로 그린 동화 같다
허리가 뻐근할 땐 그늘에 기대 차를 마셨다
햇살을 듬뿍 받은 민들레 가족이 모두 잠에서 깨어 기지개를
켰다
손가락으로 셀 수 없을 만큼 대가족이다
너희들은 심심하지는 않겠다

활짝 핀 민들레꽃처럼
쏟아지는 한낮의 햇살처럼
두 사내의 이야기가 마당에 한가득
쌓이고 있었다

집으로

군산~서천(송석 초등학교) 21km 1:27

서천~서천(서면 초등학교) 16km 1:05

서천~보령(무창포항) 관당 초등학교 무창포 해수욕장 20km 1:20

보령~보령(죽도 상화원) 월전 초등학교 4.7km 0:19

보령~보령(청룡 초등학교) 5.8km 0:24

보령~보령(청파 초등학교) 대천항 2.9km 0:12

보령~보령(대관 초등학교) 12km 0:49

보령~보령(송학 초등학교) 9.3km 0:38

보령~보령(오천 초등학교) 11km 0:44

보령~홍성(돌섬 펜션) 돌섬, 꽃동산 횟집 15km 1:02

홍성~홍성(군조류 탐사과학관) 8.6km 0:35

태안~태안(삼성 초등학교) 16km 1:06

태안~태안(창기 초등학교) 6.3km 0:26

태안~태안(꽃지 하안공원) 11km 0:45

태안~태안(바람아래 해수욕장캠핑장) 13km 0:53

태안~태안(저두 해수욕장) 14km 0:56

태안~태안(광명 초등학교) 3.2km 0:13

태안~태안(고남 초등학교) 7.4km 0:30

태안~태안(대야도 마을) 6.1km 0:25

태안~태안(안면도 자연휴양림, 수목원) 10km 0:41

태안~태안(밧개 해수욕장) 5.5km 0:22

태안~태안(마림포 캠핑장) 15km 1:00

태안~태안(연포 해수욕장) 31km 2:05

태안~태안(안흥 초등학교 신지도분교) 8.1km 0:33

태안~태안(소원 초등학교) 20km 1:20

태안~태안(모항 초등학교) 6.4km 0:26

태안~태안(소원 초등학교 의항분교) 11km 0:46

태안~태안(신두리 사구) 8.8km 0:36

태안~태안(이원 초등학교) 12km 0:48

태안~태안(만대항) 14km 0:58

태안~태안(이원 초등학교 관동분교) 10km 0:41

태안~태안(원북 초등학교) 11km 0:44

태안~서산(팔봉 초등학교) 17km 1:08

서산~서산(명지 초등학교) 27km 1:48

서산~서산(외목마을) 삼봉 초등학교 15km 1:03

서산~당진(삼봉 초등학교) 5.6km 0:23

당진~당진(유곡 초등학교) 20km 1:23

당진~당진(서정 초등학교) 15km 1:00

당진~아산(인주 초등학교) 14km 0:57

아산~평택(내기 초등학교 신영분교) 13km 0:53

평택~화성(석천 초등학교) 18km 1:12

화성~화성(궁평리 솔밭야영장) 15km 1:02

화성~화성(제부도) 13km 0:55

화성~안산(경기창작센터) 13km 0:55

안산~안산(대남 초등학교) 8.3km 0:34

안산~선재도(트리 캠핑장) 8.2km 0:33

선재도~영흥도(영흥 초등학교) 5.4km 0:22

영흥도~영흥도(십리포 해수욕장) 5.3km 0:22

영흥도~영흥도(장경리 해수욕장) 4.6km 0:19

영흥도~영흥도(노가리 해변) 6.1km 0:25

영흥도~측도(측도 해변) 10km 0:41

측도~안산(방아머리 선착장) 14km 0:58

안산~인천(소래 포구). 21km 1:25

인천~인천(월미도) 19km 1:20

인천~강화도(강화 초지진) 33km 2:16

강화도~강화도(햇솔 오트캠핑장) 8.2km 0:34

강화도~강화도(여차리) 14km 0:57

강화도~강화도(행복한 소풍캠핑장) 8.2km 0:33
강화도~강화도(황청리 선착장) 12km 0:49
강화도~석모도(석모도 자연휴양림) 6.1km 0:25
석모도~석모도(해명 초등학교) 10km 0:41
석모도~석모도(민머루 해수욕장) 3.2km 0:13
석모도~강화도(내가 초등학교) 16km 1:04
강화도~강화도(명신 초등학교) 3.1km 0:13
강화도~강화도(하점 초등학교) 4.6km 0:19
강화도~강화도(고인돌 캠핑장) 유적, 박물관 2.3km 0:09
강화도~강화도(양사 초등학교) 7km 0:28
강화도~강화도(고려 천도공원) 4.6km 0:19
강화도~강화도(문수산 산림욕장) 13km 0:53
강화도~파주(헤이리 예술마을) 67km 4:33
파주~파주(출판단지) 10km 0:42
파주~화정(정글북) 뒤풀이 22km 1:30
화정~집 45km 3:00

사회학자 게리 베커에 의하면 결혼해서
사는 이득이 혼자 사는 것보다 커야
사람들이 결혼한다고 한다

세상은 이미 모든 게 포화나 고갈 상태이기
때문에 더 나아질 것이 없다 그래서 모든
기준을 새로 새워야 한다
세상이 나아질 것이 없으니 당연히 우리의
삶도 더 나아질 리가 없다 더 나은 내일이
아니라 최악의 내일을 피하고자 사는
것일지도 모른다

열
전야

새벽에 일어나 제주도 일정을 정리했다
마지막 숙제를 끝냈다
제주 입도는 완도나 목포에 도착하면 그곳에서 출발하는
뱃길을 이용하기로 한다
제주도를 생각하니 젊은 날의 초상 같았던 몇 가지 기억이
떠올랐다

제주도는 아이언맨 대회에 참가하기 위해 여러 번 여행했던
곳이다 마지막 참가했던 대회가 2009년 7월이었다
그해 대회를 마치고 다음 날 한라산을 올랐으나 백록담을
보지 못했다 몸이 날아갈 것 같았던 바람과 7월인데도 입술이
떨렸던 추위 그때 구름 사이 비집고 나온 햇살의 따뜻한
온기가 지금도 느껴진다
거센 바람과 짙은 운무 때문이었을까

신비스럽기만 했던 2009년 한라산의 기억이 생생하다
이번엔 꼭 백록담의 모습을 보고 말리라

유난히 너울과 파도가 세고 조류가 심한 서귀포 중문 해수욕장
아이언맨 대회는 이곳에서 아침 7시에 수영을 시작으로
대회가 열린다 수영(3.8km) 사이클(180.2km) 런(42.2km)을
컷오프를 통과하여 자정까지 마쳐야 한다
자정까지(17시간) 피니시 라인을 통과하면 트라이애슬론
세계연맹에서 수여하는 공식 아이언맨 인증서를 받는다
진정한 아이언맨, 철인이 되는 것이다
대회가 자정에 끝나기에 공식적인 뒤풀이 행사는 다음 날로
이어진다
대회를 마친 동호인들은 밤새 술을 마시며 대회의 끝을 즐기는
팀과 다음 날 한라산을 오르는 팀 그리고 제주도를 한 바퀴
라이딩하는 팀으로 나뉜다
대회에 참석하는 동안 한라산 등반을 한 번 하고 나머지는
새벽부터 담소하며 술자리를 함께했던 그때 기억이 새롭다

제주 라이딩은 해안 도로와 둘레길을 따라 한 바퀴 돌며
명소에 접근하기로 한다 제주 관광 안내 지도를 참고하고
현지인에게 묻고 인터넷을 검색해서 가 볼 만한 곳을 찾아보자

제주도
1. 한라산, 마라도, 우도, 가파도

2. 서우봉 오름 용눈이 오름 다랑쉬 오름 아부오름 사라오름...

7. 산굼부리(입장료 6,000)

8. 새별오름 나홀로 나무

9. 송악산 둘레길

10. 동문재래시장(영업시간 매일 08:00-21:00)

11. 용머리해안(서귀포시 안덕면 사계리)

12. 곽지해수욕장(제주시 애월읍 곽지리)

13. 아기 해녀의 집(제주시 애월읍 금성5길 영업시간 매일 09:00~18:00)

14. 도두동 무지개 해안도로(제주시 도두일동 1743)

15. 오설록 티 뮤지엄(서귀포시 안덕면 신화역사로 15 입장료 무료)

16. 금능해수욕장(제주시 한림읍 금능리) 에메랄드빛 바다

17. 제주도 비자림(제주시 구좌읍 비자숲길 55) 관람 시간 09:00~18:00

18. 안돌오름 비밀의 숲(제주 제주시 구좌읍 송당리 2173)

19. 새별오름(제주 제주시 애월읍 봉성리 산 59~8).

20. 제주 월령리 선인장 군락(제주 제주시 한림읍 월령리 359)

21. 돌문화공원

22. 이중섭 김영갑 김창열 박서보 왈종미술관... 제주 현대미술관

....

바다 한가운데서 보는 수평선은 끝없이 이어진
직선처럼 보이지만 마음의 눈으로 보면 분명한
곡선이다
직선이 연장되어 서로 만날 수는 없는 것이니까
그러니 가까이서 본다고 모두 볼 수 있는 것은
아니다

2장

여행은
떠나는 아쉬움과
새로움에 대한 기대

늘
설렘으로 충만한
기분 좋은 유랑

첫째 날

출발

🚴 2021. 4. 24. 10:54

사이클링

거리	상승 고도
45.85km	**97**m

이동 시간
2:40:24

일시 정지된 시간	총 시간
25:20	**3:05:44**

🔲 ELEMNT BOLT 기록됨

토요일, 드디어 출발이다

담담한 마음으로 아침을 기다렸지만, 막상 떠나려 하니

마음이 설렜다

주말은 화정에 있는 친구 농막에서 머물며 최종 준비물을

점검한다 마지막 베이스캠프가 되는 셈이다

코펠 버너 텐트....

폴과 메리는 미니 여행 가방에 넣고 빈공간은 뽁뽁이로

채웠다 25리터 페니어 백 두 개가 꽉 찼다 페니어 가방을

짐받이에 연결하고 카메라 가방까지 더하니 무게가 엄청나다

무게 중심이 흩어지자, 앞바퀴가 들리면서 핸들이 크게

움직였다 적지 않은 무게가 부담이 되었다 헬멧을 쓰고

장갑을 끼고 밖으로 나와 페달을 지그시 밟았다 저항이

잔뜩 걸린 롤러처럼 묵직하게 버티는 힘이 느껴졌다 기어를

내리고 천천히 아주 천천이 어린 애를 달래듯이 조심스럽게

다시 페달을 밟았다

학의천 물줄기를 따라 안양천을 달린다 집 근처에는
학의천과 안양천 양재천이 흐른다 백운호수가 발원지인
학의천은 안양천을 만나 한강에 이른다 한강까지 거리는
대략 30km다
날씨 좋은 날 이곳을 달리다 보면 문득 유년 시절 기억이
떠오른다 햇살이 눈 무시고 부드러운 바람이 부는 날 논과
밭을 지나 폭포가 있는 곳에서 물놀이를 즐겼는데 그 기억
속의 장소는 안양천이었다
가리봉동, 구일교회, 삼립빵, 시내버스 종점, 돌담이 높은 곳에
은밀하게 깊숙이 숨어있는 성당....
영화 '글레디에이터'의 인트로 장면처럼 밀밭에 부는 바람
같았던 유년 시절의 기억, 안양천을 달릴 때마다 그때 빛났던
햇살과 그때 불었던 바람이 불었다

이런저런 생각이 몰려왔다
일상의 틀에서 벗어난 해방감 겨우내 입고 있었던 두꺼운
외투를 벗어 던진 기분이었다
바람과 햇살이 피부에 닿는 느낌이 감미로웠다

양재천의 발원지는 관악산 남동쪽 과천 중앙동이다
춘천이나 남한강을 라이딩 할 때는 양재천을 달린다
18.5 km의 관악산 정기를 담은 맑은 물길은 탄천을 만나

한강에 이른다

탄천의 본래 이름은 숯내다

조선시대 때 강원도에서 숯을 만들 목재를 싣고 와서 뚝섬

나루에 내려놓고 이를 강 건너 지금의 탄천 쪽으로 가져가면

이곳에서 숯으로 만들어서 그 옆을 흐르는 하천이 검게

변하였다고 하여 숯내라고 했다 유년시절 숯내 바닥은

미끄러운 검은 색 찰흙이었다 물이 빠르게 흐르는 곳에서

친구들과 미끄럼을 타며 물놀이했던 기억이 새롭다

안양천합수부를 지나 행주대교 방향으로 달린다

바람이 분다

강은 가끔 호수처럼 잔잔할 때가 있지만 늘 바람을 등지거나

안아야 한다 오늘은 출발부터 맞바람을 안고 힘겹게 달린다

도시의 풍경도 유년의 기억과 달리 크고 높고 차갑고 삭막하다

우리가 살고 있는 지구,
우주의 모든 별은 눈에 보이는 그대로의 모습이
아니다 반짝반짝 빛나는 별은 삐죽삐죽하게
보이지만 실제 모습은 모두 동그랗다
스스로의 성질을 주장하지 않은 것 대부분은
둥근 모습이다
그릇에 담긴 물도 꽃밭에 뿌려져 흙으로 돌아갈
때 모습은 동그랗다 날카롭게 모가 난 돌도
물과 바람을 만나 세월을 함께하면 둥그렇게
부드러워진다
바르게 펴지는 것이다

둘째 날
베이스캠프

자전거를 타고 달리다 보면 문득
이런저런 생각이 떠오른다
마음에 깊숙이 담겨있던 것들이
불쑥불쑥 튀어나온다

누군가를 생각하게 되고
누군가에게 편지를 띄울 수 있는 것은
참 다행한 일이다
그것이 특별한 날 잠깐 왔다 가는 기회라 할지라도
험한 세상에 다리가 되어주는 것은 분명하다

모든 것이 멀리 있는 것처럼 느껴지는 오늘 같은 날
고립에서 벗어나는 딱 좋은 방법은
자전거를 타고 무작정 달리는 것이다
눈 부신 햇살을 뚫고 바람 속으로 들어가면

이미 추억이 되어버린 일들이 눈앞에 펼쳐진다
추억은 영화처럼 화려하기도 하고
감당하기 힘들었던 슬픈 이야기도 있다

바람 솔솔 부는 날 유명산 가는 길,
정배리 언덕을 오를 때 나뭇가지를 흔들었던 바람과
함께 쏟아지는 찬란했던 햇살은
언제나 그곳에서 만나는 변치 않는 친구였다

모든 것이 떠나든 죽든
낡은 잡지의 표지처럼 통속하든

화정 친구의 농막 정글북에서 주말을 보내며 마지막 점검을
마쳤다
민통선의 고요와 동해 파도 소리가 들린다
드디어 출발이다

긴 머리를 묶어 올린
목이 긴
흰색 민소매 티를 입은 미인이
슬리퍼를 끌며 현관문을 열었다

향기처럼 퍼졌다가
쏜살같이 달아나는
봄

셋째 날

길

♂ 2021. 4. 26. 09:06
사이클링

거리   상승 고도
88.25 km   **573** m

이동 시간
5:37:24

일시 정지된 시간   총 시간
3:40:01   **9:17:25**

☐ ELEMNT BOLT 기록됨

흙냄새가 났다
강가엔 얼룩배기 황소가 풀을 뜯고
높고 푸른 하늘엔 새들의 술래잡기 놀이

길가에
나뭇가지가 손을 흔들면
참 행복한 바람이 불었다

끝없이 이어진 길
끝이 보이지 않는 길

말없이 강물이 흐르고
쉬익 쉬익
굴러가는 바퀴의 숨소리

바람과 하늘, 물과 새들의 합창

넷째 날

민통선

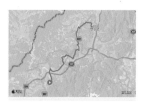

🚲 2021. 4. 27. 10:15
사이클링

거리   상승 고도
38.94 km   **404** m

이동 시간
2:54:21

일시 정지된 시간   총 시간
2:06:53   **5:01:14**

📱 ELEMNT BOLT 기록됨

선한 유전자로 꽉 찬 들판
신생아의 숨결 같은
생명의 소리가 들린다
흙냄새가 난다
흙이 살아있다
바람도 살아 새처럼 날고
하늘도 살아서 강처럼 흐른다

민통선
패닉룸에 갇힌 미인이 가쁜 숨을 고를 때
불쑥 나타난 병사가 길을 막았다

한없이 고요하고
끝없이 적막하다
토교 저수지 이정표가 보였다

태양처럼 뜨겁게 달아올랐던 유월의 기억
여전히, 로봇처럼 즐비한 줄 선 병정의 행렬

문득, 지난 추억을 소환했다

선수등록을 마치고 사이클을 거치하기 위해 토교저수지로
이동했다
저수지로 가는 동안 눈에 들어온 철원의 풍경은 우리가
일상에서 보는 풍경과는 사뭇 달랐다
농로가 시작되는 곳에는 어디든 일련번호를 한 게이트가
길은 막고 있었다
모든 길의 초입에는 검문소가 있었고 총을 든 군인들이
출입을 통제하고 있었다
민간인 통제구역인 이곳에서는 주민들도 신분증이 없으면
함부로 다닐 수 없는 듯했다
사람도 트랙터도 모두 통제되고 있었다
총과 포탄의 소리만 들리지 않을 뿐 이곳은 전쟁 상황과
다름없어 보였다

토교저수지는 바다처럼 웅장했다
내륙에 이렇게 큰 저수지가 숨어 있었다니 믿기지 않았다
물이 시작한 곳은 까마득히 멀어 지평선에 닿아있었다
그동안 보았던 저수지 중에 그 크기와 규모가 단연 첫
번째였다

오래전에 농업용수가 필요해 축조한 저수지였지만 전쟁을
치르고 남북이 분단된 후 철저하게 군에 의해 관리되는 듯했다
댐의 길이가 1km는 충분히 넘어 보였다
전쟁 후에 한 번도 민간인의 출입을 허용하지 않은 이곳에서
처음으로 시합한다고 생각하니 저절로 흥분되었다
물의 느낌이 궁금했다
댐을 내려가 저수지에 손을 담가보았다
물의 온도는 생각과 다르게 따뜻했다
얼음처럼 차가울 것으로 생각한 나의 예상이 완전히 빗나갔다
철원평야를 뜨겁게 달구는 태양의 열기는 저수지에 담긴 물도
예외일 수가 없는 모양이다
제이는 그 물의 느낌을 몸으로 느끼려고 슈트를 착용하지 않은
채 입수했다

물은 언제나 엄마의 품처럼
부드럽고 아늑하고 편안하고
따뜻했다

스스로 구축한 허술한
이성의 울타리에 갇혀 사는
영장류가 있다
권력과 물질의 힘이 관장하는
그곳이
가장 안전하고 유토피아라고
믿는

다섯 번째 날

황금비늘

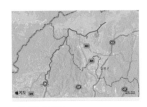

🚴 2021. 4. 28. 09:09
사이클링

거리   상승 고도
51.90km   358m

이동 시간
3:46:49

일시 정지된 시간   총 시간
2:38:20   6:25:09

📱 ELEMNT BOLT 기록됨

창밖이 흐리다
가는 빗방울이 떨어지고 있었다
무릎 상태는 호전되지도 악화하지도 않은 채 그대로다
어제저녁에 얼음 냉찜질이 효과가 있었던 것 같다
여행을 시작하기 전부터 오른쪽 무릎에 통증이 있었다
페달링 하는 데는 크게 지장이 없었는데 막상 투어가
시작되고 강도가 심해지자, 성을 내기 시작했다
첫날부터 소염제와 진통제를 먹으며 4일이 지났다
더 나빠지지 않는 게 다행이었다
약국에 들러 상황과 증상을 말하자 약사는 당장 여행을
멈추라며 겁을 주었다

하늘은 흐리고 가늘게 내리는 비는 멈추지 않았다
출발할까 말까

아침 식사를 하면서 생각해 보자
어제 저녁 식사를 했던 음식점 안이 캄캄했다 아침 식사는
안 하나보다 주변을 돌며 몇 곳을 더 찾아보았지만, 아침을
제공하는 식당은 없었다
그렇지 이곳은 아주 깊은 첩첩산중 두메산골이다
이동 인구도 없고 몇 안 되는 지역 주민보다 군부대만이
고객일 뿐
편의점에서 컵라면과 햇반 김치 디저트로 다쿠아즈를 두 개
샀다 뜨거운 물을 담는 동안 군인들이 빵과 과자를 구매했다
부대 안에 PX가 없나 보다
○ ○ 부대 정문 앞에 있는 편의점의 단골손님은 모두 현역
군인들이었다
편의점 아주머니는 참 좋겠다고 생각했다
아들 같은 건장한 청년들을 매일 만날 수 있으니

우비 대신 바람막이를 입고 양구를 향해 페달을 밟았다
얼음처럼 차가운 빗방울이 계속 얼굴을 때렸다
손등에 소름이 돋았다
감기를 앓듯 한기가 느껴졌다
도로는 어제처럼 텅 비어있었다
간간이 지나가는 차는 경적도 울리지 않고 당연하듯
자전거를 피해 중앙선을 넘어 달렸다
배려라는 따뜻한 마음이 느껴졌다

자전거를 탈 때 느끼는 묘한 감정이다
작은 배려에도 가슴이 뛸 때가 있다
그러면 몸이 반응한다 갑자기 힘이 솟는다

북한강 줄기를 따라 화천 산소 100리 길을 달렸다
파란 하늘엔 평화롭게 떠다니는 뭉게구름
들판엔 쑥쑥 자라는 푸른 생명들
하늘과 산과 강과 들의 조화로움
도시를 떠나면 천지가 모두 아름다운 강산이다

해산 휴게소에 도착 점심을 먹었다
이용하는 고객이 드물어 휴게소는 폐쇄되고 식당만 운영되고
있었다
식당 앞 뜰에서 바라보는 평화의 댐으로 가는 능선이
예사롭지 않다
거리는 22km

해산령 식당을 운영하시는 주인아주머니에게 물었다
아주머니 해산령 정상까지 거리는 얼마나 되나요?
능선 정상에 있는 해산터널까지 거리는 정확하게 댐까지
거리의 1/2, 11km였다
어제 다목리를 출발하여 수피령 고개를 넘으며 생고생했던
기억이 났다
카메라 가방과 패니어, 폴과 메리, 투어렉의 무게를 합치면

40kg 가까이 된다
자전거 무게까지 합친다면 50kg을 훨씬 넘을 텐데
해산령은 수피령과 비교하면 플라이급과 헤비급의 차이다
비교할 상대가 아니다
식사 중에 식당 주인아주머니께 정상까지 자전거를 이동할 수
있게 부탁했다 지금 무릎 상태로 해산령을 넘는 것은 무리였다
앞으로 있는 여정을 위해 아쉽지만 점프하기로 마음먹었다
아주머니는 흔쾌히 걱정 말라 하시며 식사나 많이 하라며
휴대전화를 들었다 잠시 후 소형 트럭이 휴게소 앞에 도착했다
한 번도 시도하지 않았던 점프를 처음 경험하는 순간이다
위충옥 여사님께 깊은 감사의 마음을 전하고 짐과 자전거를
트럭에 실었다
고개 정상까지 가면서 계속 아주머니의 맑은 미소가 생각났다
끝없이 이어지는 오르막은 생각보다 길고 지루하며 가팔랐다
아주머니가 아니었으면 어떠했을까 상상만으로도 끔찍했다

해산터널에서 평화의 댐까지는 계속 내리막이었다
시야가 좋은 곳에서는 시속 60km까지 속도가 올라갔다
손끝이 시리고 한겨울 같은 한기가 느껴졌다

깊은 산중에 바다처럼 푸른 물길이 보였다
댐에 갇혀 포박된 고요한 푸른색이었다
심연처럼 깊고 은밀한 곳에 자연과 인공이 버무려진 낯선
풍경, 전망대에 올라서자 주저앉을 것 같은 현기증이 일었다

도대체 이 흉측한 파괴의 발로는 무엇일까

여러 가지 생각이 복잡하게 얽히고 있을 때 하얀 날개를 펼친 안개가 산을 타고 점점 가까이 내려오고 있었다

금빛 비늘의 물고기, 호수 주변에 살며 안갯속을 헤엄치는 무어를 만날 것만 같았다 나는 꿈을 꾸듯 신비한 안갯속을 두 바퀴를 저으며 무어처럼 안갯속을 날고 있었다

이외수 작가의 소설 '황금비늘'이 생각났다

"춘천에 도착하면 저하고 커피나 한잔하실까요."

남자는 반드시 여자와 춘천에 도착하면 커피를 한잔 마셔야만 국가 발전을 도모할 수 있다고 굳게 확신하고 있는 사람 같았다. 그러나 여자는 묵묵부답이었다. 나는 남자에게 자리라도 양보해 주어야 할 것 같은 부담감에 사로잡혀 있었다. 남자는 이제 고장 난 녹음기처럼 자꾸 같은 대사를 되풀이하고 있었다

"춘천에 도착하면 저하고 커피나 한잔하실까요."

정말로 끈질긴 근성을 가지고 있는 남자였다.

"춘천에 도착하면 저하고 커피나 한잔하실까요."

아직도 목소리는 자신감을 잃지 않고 있었다. 열 번 찍어 안 넘어가는 나무가 있다면 전기톱으로 잘라서라도 넘어뜨리고야 말겠다는 태세였다. 여자는 그제서야 피곤한 표정으로 남자를 향해 고개를 돌리고 있었다.

"무어라는 물고기를 아세요."

여자가 남자에게 물었다.

"문어 말입니까."

남자가 어눌한 목소리로 반문했다.

"문어가 아니라 무어예요."

"그런 물고기도 있습니까."

"모르시는군요. 만약에 무어라는 물고기를 아신다면 커피를 백 잔이라도 같이 마셔 드릴 작정이었는데요."

"어떻게 생긴 물고기입니까."

"춘천에만 살고 있는 물고기인데, 평소에는 물속을 헤엄쳐 다니지만, 안개가 짙은 날은 안개 속을 헤엄쳐 다니지요. 아시다시피 춘천에는 세 개의 댐이 축조되어 있어요. 물론 전자제품을 팔아먹는 사람들은 댐을 좋아하시겠지요, 전기를 생산해 내는 축조물이니까요. 하지만 댐은 물고기들의 입장에서 보면 종신형 감옥이에요. 댐이 생기기 전에는 모든 물고기가 여러 갈래의 강줄기를 상하류로 자유롭게 헤엄쳐 다닐 수가 있었지만, 댐이 생기고 나서부터는 한정된 수역 속에서만 살게 되었죠. 의암호에서 사는 물고기는 종신토록 의암호에서만 살아야 하고, 춘천호에서 사는 물고기는 종신토록 춘천호에서만 살아야 하고, 소양호에서 사는 물고기는 종신토록 소양호에서만 살아야 해요. 하지만 무어는 달라요. 모든 댐을 넘나들면서 살 수가 있지요. 안개 속을 헤엄쳐 다니는 특성을 지니고 있으니까요."

이외수/황금비늘

여섯 번째 날
억만장여관

🚲 2021. 4. 29. 09:21
사이클링

거리	상승 고도
57.23km	**853**m

이동 시간
4:39:37

일시 정지된 시간	총 시간
2:46:05	**7:25:42**

⬚ ELEMNT BOLT 기록됨

가는 비가 계속 내리고 있다
자전거 여행을 하며 날씨 앱을 체크하는 것은 필수다
새벽 3시까지 비가 계속 내린다는 예보다
하루 더 숙소에서 머물기로 마음을 굳혔다
갑자기 여유가 생기면서 시간이 고무줄처럼 늘어난 것 같다
3차원의 세상으로 변한 것 같은 착각이 들기도
편한 자세로 여관 방바닥에 누워서 보는 천장 위에 갑자기
나타난 천국으로 가는 계단의 모습이 영화 인터스텔라의
장면 같다
화장실 문을 열면 동해의 푸른 바다가 보일 것만 같았다
그러나 현실은 강원 양구군 방산면 송현리 477 번지
억만장여관 작은 골방에 누워 엄지손가락으로 휴대전화
자판을 연주하고 있다
낯선 곳에서의 시간이 어색하지 않다

가족과 떨어져 사는 동안 늘 내 집이 아니라는 생각이 여행
중에도 예외 없이 관성으로 작용하나 보다

오월의 첫날이다
봄비가 그칠 줄 모르고 계속 내리고 있다
숙소 밖 마당에서 피터는 밤새 내린 비를 홀딱 맞았다
하지만, 피터는 강한 녀석이다 태풍이 불어도 소나기를
퍼부어도 문제없이 견디는 녀석이다

제이~ 자네 무릎이나 관리 잘하시게
이제 시작인데 갈 길이 멀지 않은가

아침이 준비되었다는 식당 아주머니 목소리가 들렸다
살짝 열린 문 사이로 깊게 파인 얼굴의 주름살이 먼저 보였다
고생이 몸에 밴 나지막하면서 단단하고, 건조함이 섞인
목소리

아주머니 혼자 일하십니까?
아저씨는 안 계신 것 같아요.
일찍 갔어 그 사람
술만 댓 병으로 매일 퍼마시더니....
연민도 애증도 담기지 않은, 무덤덤해서 쓸쓸하게 들리는
안타까운 목소리
일 마치면 저녁에 혼자 심심하지 않아요?
심심하면 텔레비 보면 되지

밥이나 많이 먹어 자전거 타려면 힘들잖아
간단한 정답
세상을 다 살아본 것 같은 사람이 하는 적확한 말
그 짧은 말의 짙은 여운이 계속 내리는 빗물과 섞여 사나이
마음을 적셨다
홀로 산다는 것은 자신과 끝없는 싸움이라고
두껍고 거친 손이 깊게 파인 주름살이
영혼이 없는 듯한 건조한 목소리가 말하고 있었다

다시 이불속으로 파고들었다
따뜻한 온기가 미인의 속살처럼 부드럽다
휴대전화로 음악을 틀어놓고 눈을 감았다
평온하다
눈물이 날 만큼
환각처럼 시름도 기쁨도 모든 것이 정지되고
구차한 변명들이
깃털처럼 가볍게 공중 부양하고 있었다

아~ 잠깐만요

괜찮아요 서두르지 않아도 돼요

아직 그대로네요
이런 경우 '갈피를 못 잡고 있군요' 라는
표현을 하죠

갈피는 마음의 방향

일곱 번째 날

별

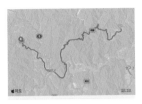

🚴 2021. 4. 30. 09:51
사이클링

거리
73.77 km

상승 고도
1,093 m

이동 시간
4:26:01

일시 정지된 시간
2:51:14

총 시간
7:17:15

ELEMNT BOLT 기록됨

바다
비린 냄새

바다 향기

문득
아프리카 사막이 생각났다

드물고 낯선 풍경

황색 안개
바람의 조상

낯선 거리를 부유하는 황색 안개는 무엇의 영혼일까
끝없이 아득한 고요
그 율현한 공포

비가 그친 저녁 하늘은 창백하게 푸르다
숨어있던 별들이 모두 나와 눈이 부시게 반짝인다
성열이는 밤하늘의 별을 좋아했다
작업실에 올 때마다 창문을 열고 멀리 있는 별들을 한참 동안
바라보았다
성열이를 생각하며 쓴 글이 문득 생각났다

별은 서로 가까이 곁에 있는 것처럼 보이지만 보이는 것과
다르게 꽤 먼 거리를 유지하고 있다
나는 엄마와 아빠별의 중력을 받으며 궤도를 도는
행성이지만 아빠와 엄마별은 서로 다른 항성이다
아빠와 엄마가 떨어져 사는 것도 먼 하늘에서 반짝이는 별과
같기 때문이라고 나는 이해하고 있다
엄마가 태양처럼 따뜻한 온기를 주며 시리우스처럼 밝게
빛나는 별이라면 아빠는 엄마처럼 밝지는 않지만 언제나
같은 곳에서 반짝이며 길을 안내하는 북극성이다
태양과 북극성의 거리를 생각하면 지금 아빠와 엄마의
거리는 한 뼘도 안 되는 짧은 거리다
하지만 그렇게 짧은 거리도 서로 마음이 닿지 않으면 별과 별
사이만큼 먼 거리가 된다

길이 계속 막히자, 아빠는 네모난 바퀴로
가는 자동차를 운전하는 것 같다고 하셨다
'네모난 바퀴로 가는 자동차'라는 말이
머릿속에서 쉽게 떠나지 않았다.

여덟 번째 날

개미와 거미

겹겹이 싸인 능선

거미의 집에 개미들이 산다

능선에 걸린 하늘을
한참 바라보다가
길 위로 불러낸
그대에게 편지를 썼다

훌쩍 며칠이 지났지만
문득,
귀하의 초대가 다시 생각나는 건
왠지 고맙다는 마음이 들기 때문이라 하여,
그대를 생각하며 몇 자 적어보네
내 작은 방에

그대의 짐을 비우고
옷장 속에 남아있던 향기도
다 지워지고
책상 위에는 오래전에 웃고 있는
사진액자만 남고
모든 것이 잊히고 있었는데 문득,
그대가 깊은 밤에 나를 부른 건
사는 게 전쟁 같기 때문일 테지

난리 중에도 잊지 않았다는 것
마음 안에 내가 남아 있다는 것
세상의 수많은 사람 중에
우주의 수 천경 생명체 중에
선택되었다는 것

그러니까 '함께'라는 건
그런 엄청난 확률의 인연이 닿아
관계를 이루고 앞으로 나아가는 것

그럼에도 산다는 건
고독과
쓸쓸함과 외로움이

소리도 없이
도도하게 강 같이 흐르는....

아홉 번째 날

통증

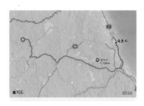

♂ 2021. 5. 2. 09:22
사이클링

거리
118.01 km

상승 고도
1,585 m

이동 시간
5:24:00

일시 정지된 시간
3:07:34

총 시간
8:31:34

ELEMNT BOLT 기록됨

갑자기 무릎이 아프기 시작한 건 아프리카를 떠나기 이틀
전이었다

외상이 전혀 없고 부딪힌 적도 없는데 통증이 점점 심하게
느껴지기 시작했다

무릎 한가운데 작은 연못이 생겼다

해 질 녘 바람이 잦아든 잔잔한 수면에 어디선가 돌이 날아와
정적을 깼다

동그랗게 퍼지는 파문은 어스름한 달빛을 받으며 계속되었다

제이는 현장에서 통역을 맡은 h와 함께 의무실을 찾았다

h와 아랍인 의료진과 간단한 이야기가 오고 간 후 제이는
엉덩이 주사를 한 대 맞았다

주사를 맞은 후 2~3분 지났을까 묘하게 통증이 가라앉는
느낌이 들기 시작했다

잠시 후 신기하게 통증이 씻은 듯이 가라앉았다
정말 신기했다
주사를 맞고 바로 통증이 멎는 경험은 처음이었다
혹시 아프리카의 사막에서 채취한 방울뱀의 맹독 같은
마약의 성분이 몸 안에 퍼지고 있는 것은 아닐까?
의료실을 나서며 문득 그런 생각이 들었다
다음날 제이는 평소와 같은 일정을 소화하며 하루를 보냈다
푹푹 꺼지는 사막의 모래를 밟으며 오늘도 어김없이 10km를
걸었다 일을 마치고 샤워를 한 후 냉장고에서 꺼낸 맥주를
단숨에 들이켰다

해가 진 사막의 밤은 고요가 길다
차갑고 쓸쓸한 바람이 분다

무릎의 통증은 여전했다
근육 이완제와 진통제가 유일한 희망이다
더 악화하지 않기를 바라며 다시 페달을 밟는다

통증은 끈질기게 달라붙지만
상념 가득 담긴 마음속에 방들은 두 개쯤 비워진 것 같다
무릎의 통증도 함께 사라지기를....

> 떠남은 복합적이다
> 대상이기도 하고 목적이기도 하다
> 사후 세계가 있다면 죽음은
> 다른 형태의 여행이다

열 번째 날

펑크

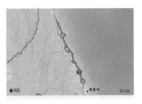

🚴 2021. 5. 3. 10:20
사이클링

거리
92.39 km

상승 고도
543 m

이동 시간
5:40:48

일시 정지된 시간
2:14:34

총 시간
7:55:22

🔲 ELEMNT BOLT 기록됨

왜 떠나온 걸까

왼쪽 다리는 페달에 올려만 놓고
오른쪽 다리로 페달을 저었다
무릎의 통증은 가시지 않았다
약사는 당장 여행을 멈추라고 했다
하지만, 왠지 걱정이 되지 않았다
그런 마음이 드는 게 신기했다
부어오른 무릎을 보면 심각한데
웬 마음의 여유일까
남은 약을 털어 넣었다
갈 수 있는 곳까지 가보자는 배짱으로
하지만, 이제 시작인데
약에 의지하며 어디까지 갈 수 있을까

한 뼘 반 넓이의 수로를 넘다가 뒷바퀴에 펑크가 났다
피터 너 지쳤니? 힘들구나
이제 시작인데 힘내자

고속화 도로 갓길은 전장의 응급실
비명 같은 소음과 쫓기는 긴장감 속에서
마지막 손 펌프로 공기 주입
다시 살아난 피터
고맙다, 이 순간 모든 것이

바람이 분다
아이들의 숨결 같은

바람의 문을 열면
동화 속 세상이다

달릴 때 부는 바람은
햅쌀로 지은 따뜻한 밥처럼
달고 고소하다

코어에 힘을 주고 힘차게
페달을 밟으면 바람이 지휘하는
오케스트라의 연주가 시작된다

건강한 숨소리와 맛있는 대화
물고기 비늘처럼 반짝이는
은빛 물결
높은 하늘엔 새들의 노래

눈을 뜰 수 없는 햇살 속엔
서른 개쯤 보석이 박혀있나 보다

열한 번째 날
봄

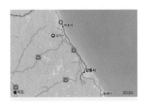

⚲ 2021. 5. 4. 09:36
사이클링

거리	상승 고도
92.27km	**650**m

이동 시간
5:37:59

일시 정지된 시간	총 시간
3:24:30	**9:02:29**

📱 ELEMNT BOLT 기록됨

강릉 목계에서 두 번째 친구 조우
담근 술 7가지를 새벽까지 마셨다
사람이 좋고 공기가 좋으면 술에 취하지 않나 보다

다음날 울릉도행을 계획했으나
안목항 배편 높은 파고로 결항
정동진으로 go

점점
피부 깊숙이 파고드는 한낮의 햇살이 뜨겁다

점심시간 올리브그린으로 색칠한 식당
주인에게 미인이십니다 라고 인사를 건넸다
집도 미인이다
집이 참 예쁜 곳에서

낙지볶음을 주문했다
파인애플로 장식한 표고 튀김 애피타이저
붉은색이 선명한 새우튀김....
침이 고이며 식욕이 솟았다
눈길이 마주친 은발의 소녀가 말을 건넸다
전도 맛있어요 드셔 보세요
정말 맛있습니다
음식도 미인입니다

길에는
숭늉 같은
바람이 불었다

어김없이
진군하는
봄

고요 속으로 스미는
거친 숨소리에 공명하며
몸이 땀에 젖으면
내리막에선 반드시, 가슴까지
파고드는 시원한
바람이 불었다

열두 번째 날

엘도라도

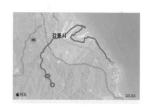

🚴 2021. 5. 5. 11:56
사이클링

거리   상승 고도
48.28㎞   **424**㎡

이동 시간
2:51:53

일시 정지된 시간   총 시간
2:43:39   **5:35:32**

🔲 ELEMNT BOLT 기록됨

임원항에서 7시에 눈을 떴다
아침이 점점 힘에 겹다
하지만 몸은 신기하게도 규칙적으로 반응한다
마음을 읽는 걸까?

장딴지의 근육이 제법 자랐다
무릎은 아직 완전한 상태가 아니다
점점 깊어지는 여름
햇살은 손을 대면 부서질 것 같다
오월이 파랗게 익어가고 있다

몸이 염전이 되었다
흐르는 땀이 소금이 되어 얼룩으로 남았다
겨우 불어오는 바람은 타오르는 태양을 이기지 못한다
오월의 여름이 힘에 겹다

피터 힘을 내자
남으로
더 남쪽으로 나를 데려가 줘

제이~
남쪽에 가면 미인이라도 만나는 거야

피터~
미인을 좋아하는구나
우리는 황금의 땅을 찾아가는 거야
꿈을 캐는 거지

Let's go
엘도라도~~~!

봉포항 횟집에서 아르바이트하는 소녀의 모습이 자꾸
떠올랐다
소녀가 찾은 이곳이 엘도라도였으면 좋겠다고 생각했다

보고 있으면
시간이 멈춘 것 같고

아련함과
가슴이 먹먹해지는

그런
풍경이 있다

열세 번째 날

셋방살이

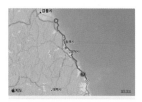

🚴 2021. 5. 6. 09:24
사이클링

거리
80.12 km

상승 고도
882 m

이동 시간
5:46:40

일시 정지된 시간
2:13:30

총 시간
8:00:10

▢ ELEMNT BOLT 기록됨

정동진

아침으로 라면을 먹었다

포장마차 안 분위기가 똑 TV 프로그램에 나온 화면 같다

나이 드신 아주머니의 센스 있는 감각은

방송국 맛집 취재 덕분이었다

농사는 안 지으세요?

힘만 들고

돈이 안 되고

안 하는 것과 못하는 것의 차이

동해,

파란색 가는 실이 끊이지 않고

끝없이 이어진다

녹색의 민통선과 사뭇 다르다
바람도 햇살도
흙냄새도
땅의 색깔도
길의 모양도

바닷바람은 짜고 비리다
들바람은 향긋한 아기 똥 냄새

광장의 아우성과 소음이 문득
그리워지는
지구별 셋방살이

관성에서 벗어난
열세 번째 이야기

가난이란
마당에 가득 담기는 침묵

엄마의 뒤를 그림자처럼
졸졸 따라다녀야 하는 것이거나
종아리 위로
큰 개미가 기어오르는 것
그러다가 깊어지면
애가 타고 발을 동동
구르게 되는 것

열네 번째 날

야영

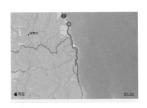

🚴 2021. 5. 7. 09:29
사이클링

거리
63.54km

상승 고도
756m

이동 시간
4:42:11

일시 정지된 시간
2:40:10

총 시간
7:22:21

⬛ ELEMNT BOLT 기록됨

피터의 엔진은 백만 불짜리 나의 장딴지 근육이다
물론 새로 신은 타이어도 한몫한다
허친슨 파이톤 2, 지난겨울 그동안 사용했던 타이어의 수명이
다해 교체하려고 준비해 두었다
파이톤 2의 적당한 크기의 트레드는 비포장도로뿐 아니라
포장도로에서 구름성이 충분히 만족할 만하다
내리막에서도 매우 안정적이며 코너링도 충분히 믿을 만큼
안전했다
내리막에서 시속 80.2km까지 내리꽂아도 흔들림이 없이
속도를 즐길 수 있었다

북쪽 민통선 평화누리길은 오르막이 솟아 있는 길이라면
동해 해파랑길은 긴 오르막 끝에 긴 내리막이 이어지는 길이다
해안이어서 오르막이 많지 않을 줄 알았는데 한반도의 지형은

어느 길이든 늘 2.5:2.5:5 정도의 비율로 오르막과 내리막
그리고 평지가 존재했다
동해안 해파랑길 수평선처럼 긴 내리막에서 피터는 자신의
능력을 실컷 뽐냈다

어때? 제이 나를 느낄 수 있지?

투어랙에 실리는 무게가 부담되어 로드형 타이어를 다시
파이톤으로 교체한 것은 정말 잘한 선택이었다
피터와 파이톤의 조합은 정말 환상의 콤비였다

피터 대단해
난 이미 너의 깊은 매력에 푹 빠져버리고 말았어
너를 신뢰하며 사랑하지 않을 수 없어

한 번에 펑크는 나의 확실한 실수였다
피터에게 정말 미안했다
오르막길의 끝에서 한 뼘 반 넓이의 수로를 보았을 때
본능적으로 뛰어넘으려는 순간 투어랙에 실린 무게가
생각났으나 이미 앞바퀴가 넘어가고 뒷바퀴 튜브가 림에
찍히는 느낌이 왔다
튜브에서 바람은 순식간에 빠지고 예외 없이 타이어가
주저앉았다
제이~! 폴과 메리는 언제 작업할 거야?
피터~ 보채는 거니?

제주를 그려보고 있어
제주에 입도하면 본격적으로 할 거야
피터 폴 엔 메리 인 제주
제주에서 우리 멋진 앙상블로 연주해 보자

14일째, 영덕에 도착 텐트를 쳤다
라면으로 저녁을 때우고 어둠이 내릴 때 텐트 안에 누었다
아늑하고 고요하다
이 아름다운 휴식을 바람이 질투했다
텐트가 휘청이며 성을 냈다

파도,
바다가 끊임없이 울어대는 밤

소로우는 하루 중에 일출과 일몰은 꼭
보라고 했지
울릉도를 걸어서 일주할 때 해안도로에서
혼자 본 일몰이 생각 나는 군
시작과 마무리를 그렇게 장엄하게 보여주는
우주쇼는 없을 걸 그것도 매일

웃음 건강 만족 중에
하나만 있어도 더 바랄 것이 없을 것 같은데
그중에 하나를 선택하라면
난 웃음을
웃음은 상대도 즐겁게 하니까

열다섯 번째 날

변주

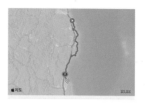

ᕲ5 2021. 5. 8. 12:10
사이클링

거리	상승 고도
40.15km	**326**m

이동 시간
2:52:56

일시 정지된 시간	총 시간
53:47	**3:46:43**

🔲 ELEMNT BOLT 기록됨

잠을 설쳤다 한기를 느껴 깊은 잠을 잘 수 없었다
여름 장비로 5월에 바닷가 비바크는 아직 무리였다
밤바다의 찬바람을 이겨낼 수 없었다
정오쯤 햇살이 따가워 눈을 떴다
또 라면으로 허기를 채우고 다시 떠날 준비를 했다

텐트가 바람에 날려 펄럭인다
바다와 바람은
경상도 사투리로 다투는 연인
같다는 생각을 했다

두렵지 않다
불에 담그고 망치로 두드리면 강해지는 쇠처럼
몸도 그렇게 단련되나 보다
오르막이 솟아있어도

길의 끝이 보이지 않아도
페달만 저으면
페달을 저을 수 있으면
갈 수 있다는 확신
무릎도 더는 성을 내지 않았다

아랫배에 금이 가기 시작했다
세상 밖으로 나가려는 몸부림
부활의 전조
반란이 시작되었다
드디어 새로운 왕의 제국이 탄생하려나 보다

피터를 조율하는 엄지와 검지는
오케스트라를 이끄는 지휘자의 역할이다
두 손가락의 변주가 라이딩의 성과를 좌우한다

자전거를 효율적으로 타는 방법의 첫 번째는 페달링이다
페달링의 관건은 엄지와 검지의 변주인 기어 변속이다
그것은 사진을 찍을 때 조리개와 셔터속도를 조절하여
원하는 빛을 찾아내듯이 두 손가락으로 앞 기어와, 뒷 기어를
변주할 수 있어야 한다
물론 힘이 본질이다
장딴지의 엔진이 좋아야 한다

장딴지 근육 세포의 움직임이 예사롭지 않다

페달링이 점점 가벼워지고
투어랙 짐의 무게에도 익숙해졌다
드디어 라이딩의 즐거움이 증폭되는 순간이다

영덕 축산리 편의점, 단정한 모습으로 아르바이트하는
학생에게 음식점을 물었다
점심을 맛있게 먹고 싶은데 음식점을 추천해 줄 수 있나요?
청년의 눈빛이 반짝반짝 빛났다
천리향으로 가세요
분수처럼 흩어지는 소리의 향기

아주 오랜만에 한생곤 화백과 통화했다
사천을 지날 때 보고 가기로 했다
늘 생각 속에 있었기에 낯설지 않은 대화
13년의 세월이 훌쩍 뒤로 갔다
시간을 이렇게 뒤로 물릴 수 있었으면 하는 생각을....

인류를 구하려고 떠나온 것도 아니고 고작
나를 구원하기 위함인데 문득,
허공에 뜬 것처럼 무중력 상태에서 공중을 유영하는 기분이
들었다
인터스텔라 영화의 마지막 장면이 생각났다

사랑

가족

열여섯 번째 날
친구 생각

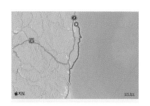

ᘓ 2021. 5. 9. 12:10
사이클링

거리	상승 고도
43.65km	**599**m

이동 시간
3:05:42

일시 정지된 시간	총 시간
1:43:33	**4:49:15**

ELEMNT BOLT 기록됨

날이 흐리다 비가 올 것 같다

아침을 거르고 출발 채비를 서둘렀다

포항 30km 이정표가 보일 때 빗방울이 한두 방울 떨어지기
시작했다

남쪽 하늘이 먹구름으로 까맣게 덮여있다

시간이 지날수록 점점 어두워지더니 빗방울도 더 굵어지기
시작했다

제이~ 길이 많이 미끄러워

날도 어둡고 조심해야겠어

비를 피할 겸 쉬었다가 갈까?

피터는 궂은 날씨가 걱정되나 보다

조심할게 걱정하지 마

전조등을 켠 차들이 피터를 추월하며 중앙선을 넘어 달렸다

피해 가는 차의 백미러를 보며 손을 흔들었다
고마워요

제이~ 위험해 핸들에서 손을 떼지 마!
목례로 답하는 것이 좋겠어
스쳐 가는 차에서 튄 빗물을 뒤집어쓴 피터가 휘청거렸다

피터~ 중심 잘 잡아!
미끄러운 길에서 이렇게 흔들리면 어떡해~

미안, 제이~ 조심할게

우중 라이딩 모든 감각에 바짝 날이 서 있다
눈빛만 닿아도 베일 것만 같다
오후가 되어도 비는 그칠 기미가 보이지 않았다
내리막에선 찬 바람에 몸에 소름이 돋았다
점점 체온이 떨어지며 한기가 엄습했다

경주를 알리는 이정표가 보였다
토론토에서 살고 있는 친구 생각이 났다
강*경 소설가의 막냇동생
함께 누나의 이사를 돕고 인세 도장을 찍으며
아르바이트했던 시절 기억이 났다
토론토는 어떠니? 살 만하니?
몇 개월 다녀가도 좋겠다는 친구의 유혹이 빗속에서

꿈틀거렸다

포항에 도착하자 고기잡이배들이 변신했다

유조선인지 화물선인지 거대한 크기의 배들이 보이기
시작했다

똑 SF영화의 한 장면 같았다

지구를 탐색하러 외계에서 온 지적 생명체가 어디엔가
숨어있을 것 같은

비와 안개가 썩 잘 어울리는 드물고 낯선 풍경이었다

피터~ 우리 21세기를 달리고 있는 거 맞지?

난 19세기 느낌인데?

뭐라고?

2010년생이 19세기를 어떻게 알아?

그리고 넌 겨우 열한 살이잖아

자전거 나이가 열 살이면 사람 나이로 환갑이야

그래 맞다

넌 나의 갑장 친구

가장 가까이 있는 고마운 친구

하루 일과를 마치면
다음 날 일정을 검토하며
제일 먼저 날씨를 검색하게 된다
여행은
자연이 중심이 되며
자연을 중심으로 생각하게 하는
사고를 경험하게 된다

열일곱 번째 날

청년

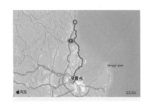

♂ 2021. 5. 10. 09:36
사이클링

거리	상승 고도
44.25㎞	**390**ⅿ

이동 시간
3:03:49

일시 정지된 시간	총 시간
2:38:56	**5:42:45**

▯ ELEMNT BOLT 기록됨

우중 라이딩의 후유증이 오른쪽 손목에 왔다
빗속에서 무의식중에 핸들을 얼마나 힘주어 잡았는지....
비가 오고 바람이 부는 날 동해안 해파랑길 라이딩은 결코
추천할 수 없다
혹시 21세기의 마지막 낭만파라고 우기며 우중에 라이딩을
강행하려 한다면 다시 한번 생각해 보시라

오전 날씨는 비가 오다가 그치기를 반복하며 오락가락했다
다행히 바람이 잠잠해 라이딩하기에 큰 어려움은 없었다
라이딩 중에 바이크 샵이 눈에 띄어 휴대전화 거치대를
구매했다
바이크에 주렁주렁 다는 것이 싫어서 카메라 옆주머니에
넣고 라이딩 했는데 거치대를 설치하니 사진 찍을 때 좋았다

17일째, 포항 상도동을 출발해서 호미곶을 돌아 신창리까지

67km를 라이딩했다

바다의 짜고 비린 냄새에 점점 익숙해진다

바다 냄새는 도시의 매연과 비교할 수 없는 자연산 오가닉
향기다

이 향기는 처음엔 좀 불편해도 희박한 공기 속에서 산소처럼
묘한 힘이 된다

철썩철썩 때리는 바다의 교향곡을 함께 들으면 효과가 훨씬
더 상승한다

6시를 넘겨 땅거미가 내려앉을 때 포항 신창리에 도착했다

해변과 맞닿 있는 31번 국도 곁에 있는 작은 마을이다

멀리 바다 끝에 오징어잡이 배 불빛이 촛불처럼 흔들리는 밤

파도와 싸우는 청년이 있었다

끊임없이

계속

끝까지

밀려오는 것을 잡으려는 듯

어느 별에서 왔어요?

이 별에 살아요

대구에서 왔어요

수업 끝나고?

직장 휴가 내고요

아~

학생인 줄 ^^
좀 잡았어요?
광어 한 마리요
배가 하얗다
진짜 자연산이네 ^^

유튜버세요?
아직은요
낚시 동영상 올리는 여성 유튜버 몇 번 봤어요
그래서 유튜버인 줄
아저씨는 머리가 길어서
여자인 줄 ^^

유쾌한 대화
젊음
생기
기분 좋은 밤

멀리서 보는 것과 가까이서 보는
모습엔 차이가 있다
제대로 보려면 가까이서 때론
멀리서 보아야 한다
간격(間隔)이 필요하다
눈에 잘 보이지 않을 때는 적당한
거리에서 보아야 보인다
사람의 마음이 그렇다.

열여덟 번째 날
짠 내

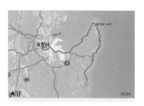

⚥ 2021. 5. 11. 10:40
사이클링

거리	상승 고도
67.04 km	**610** m

이동 시간
4:43:20

일시 정지된 시간	총 시간
3:13:43	**7:57:03**

📱 ELEMNT BOLT 기록됨

라이딩을 마친 저녁 시간이 참 행복하다
어떤 보상이라도 받은 것처럼....

울산의 표정은 하늘에 닿으려고 쭉쭉 뻗은 굴뚝이 고딕
양식처럼 인상적이다
도시 외곽의 대부분도 인체의 실핏줄처럼 복잡하게 얽혀있는
거대한 산업 구조물이라는 게 믿기지 않는다
정말 하늘에 닿으려는 인간의 욕망이 구체적으로 표현된
모습 같다
하늘로 높이 뻗은 굴뚝에서 뿜어내는 산업 향기에 취해
기진맥진하고 있을 때 휴대전화 벨이 울렸다
친구가 고기라도 먹으며 힘내라고 응원의 후원금을
보내겠다고 전화했다
이런 친구가 있으니 아직은 살만한 세상이다

문득, 아이들을 구체적으로 사랑하게 된 계기가 되었던
옛날이 생각났다
그때 모두 한자리에 모여 식사할 때 아이들은 손을 모으고
이렇게 기도했다

이 음식은 어디에서 왔는가 내 작은 노력으로 받기 부끄럽네
건강을 유지하고 진리를 실현하려 이 음식을 받습니다

내가 아는 어떤 이는 열심히 살려고 최선을 다한다
마음대로 되는 경우도 있지만 그렇게 되지 않는 경우도 있다
행운과 불행은 동전의 양면 같다

여행을 하며 생각한다
내일은 오늘의 연장
언제나 늘 그 순간
결정적인 순간은 바로 지금이다
그러니까 지금, 현재 이 순간이 중요하다

18일째, 간절곶에 도착했다 오랜만에 100km를 탔다
이곳의 해풍은 습하고 차다 축축하게 젖은 몸에서 짠 내가
난다 욕조에 따뜻한 물을 가득 담고 풍덩 빠지고 싶다
따뜻한 물 속에서 시원한 캔맥주 한잔하면
뭐, 더 바랄 게 없겠다

> 나는 센 게 싫다 금세 취하니까
> 너무 예쁜 것도 숨을 쉴 수 없으니까

열아홉 번째 날
기억

♂ 2021. 5. 12. 09:08
사이클링

거리	상승 고도
102.94km	**1,051**m

이동 시간
6:37:54

일시 정지된 시간	총 시간
2:30:31	**9:08:25**

□ ELEMNT BOLT 기록됨

아침부터 햇살이 따갑다
달팽이처럼 느리게 뱀처럼 휜 오르막을 오르고 있을 때
꽃이 피듯이 문득 오래전 부산에서의 추억이 생각났다
그때 부산에서 만났던 선배는 평소와는 달랐던 모습을
기억하고 있다고 했다

1998년 늦은 봄 소공동의 롯데 백화점을 가다가 갑자기 부산
롯데백화점으로 방향을 돌렸다
달리는 중에 h를 불러 차에 태웠다
그때 문득 h와 지구에서 탈출해야겠다고 생각했다
h와 함께라면 뭐든 할 수 있을 것 같았다
지금 생각해 보면 참 대책 없이 용감했던 시절이었다
마음먹으면 뭐든 하고 마는.... 하지만, 왜 떠나려고만 했을까?
싸울 생각은 하지 않았을까?

싸움도 해 본 사람이 하는 것이다 경험이 없는 사람에겐 결코
쉬운 일이 아니다
쉽게 변하지 않는 것들이 있다 불편한 것을 견디지 못하는
것은 지금도 변함이 없다
서울에서 제일 멀리 갈 수 있는 도시에 도착해 아침부터
저녁까지 술만 마셨다 그다음 날도 종일 몽롱하게 취해있었다
나는 더 많이 술을 마시고 h는 더 많은 이야기를 선배와 했다
오륙도가 보이는 천주교 공동묘지 그리고 이젠 닿을 듯 말 듯한
h에 대한 기억들....
19일째, 부산에 도착했다
임플란트 치료 중인 임시 치아가 식사할 때마다 불편했다
부산 도심을 지날 때 1층에 자전거를 거치할 수 있는 '참 좋은
치과'를 만났다
상태를 설명하고 공손히 부탁해서 치료를 받았다
병원의 상호처럼 모두 참 좋은 사람들이었다 치료를 받을 때
잠결에 빠져 단잠을 잤다 꿀맛 같은 잠이었다

태종대를 향해 달렸다
부산의 교통은 화가 안 풀린 사나운 아줌마 같다
97년 IMF 불안을 피해 무작정 달려왔던 그때랑 달라진 것이
없는 것 같다

태종대, 자갈마당, 자살바위....
오래전 생각이 어젯밤의 꿈처럼 생생하다

불어오는 바람이
미인의 맑은 눈을 시리게 했다
통영의 절벽은
산의 영정(影幀)과
많이 닮아 있었다

미인이 절벽 쪽으로
한 발 더 나아가며
내 손을 꼭 잡았고

나는 한 발 뒤로 물러서며
미인의 손을 꼭 잡았다

한철 머무는 마음에게
서로의 전부를 쥐여주던 때가
우리에게도 있었다

　　　　　박준 / 마음 한철

'봄밤'
'시' 제목 같기도 하고
그리움 같은 향기가 물씬

"뭐 해요?"
"예 여적 그러고 있어요."

허수경의 '목련'이 생각났다

스무 번째 날

봉숭아 물

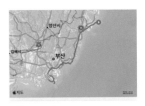

⌚ 2021. 5. 13. 09:20

사이클링

거리
72.08㎞

상승 고도
671ⁿ

이동 시간
5:17:14

일시 정지된 시간
4:44:26

총 시간
10:01:40

⎕ ELEMNT BOLT 기록됨

남쪽으로 내려갈수록 점점 여름이 깊어진다
작은 오르막에서도 땀에 몸이 젖었다
햇살은 꼬집듯이 따갑고 숭늉 같은 바람이 불었다

부산, 20년이 훨씬 더 지난 세월이 과거로 흘러가 버린
지금에도 나는 도시의 풍경을 그대로 기억해 낼 수 있었다
하늘은 높아, 지그시 바라보고 있노라면 눈이 아파질
정도였다
바람은 초원을 질러, 그녀의 머리카락을 가볍게 나부끼며
나무 사이로 빠져나갔다 기억이라고 하는 것은 왠지
불가사의한 것이다 을숙도 철새 도래지에서 폴과 바람과
데이트를 할 때 문득, 옛날이 생각났다

페달을 저어 진해에 도착했다 해군 막사가 즐비한 도시는
단정하고 깨끗한 인상을 주었다

사람은 드문드문하고 도로에 차도 드문드문
조용하고 한적한 분위기가 좋았다

하굣길에 아이는 기차 레일 위에서 무슨 생각을 했을까
버스 정류장에 친구랑 마주 앉은 아이의 표정이 앨범 속에
오래된 사진과 닮았다

20일째,
소꿉놀이하듯 손가락 끝이
봉숭아 물들인 듯 까맣게 탔다

사월은
흐릿하면서 몽환적이다

꽃비 맞으며
흔들리는 아지랑이 속을 달린다

땅이 움직이고
봄비에 개울이 불어 넘치기도
하지만

달팽이처럼 느리고 조금,
지치기도 한다

스물한 번째 날

안개

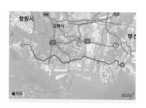

🚴 2021. 5. 14. 10:55
사이클링

거리
45.79 km

상승 고도
470 m

이동 시간
3:27:37

일시 정지된 시간
3:07:42

총 시간
6:35:19

▢ ELEMNT BOLT 기록됨

통영으로 가는 날 아침부터 비가 내린다
굵은 빗방울이 뚝뚝 떨어진다
도로에 빗물이 흥건하다
밤새 내렸나 보다

날씨 앱을 클릭했다 주말 내내 전국이 비 소식이다
떠날까 말까
창밖에 떨어지는 빗소리를 들으며 생각에 잠겼다

어느새 스물한 번의 밤이 지났다 하지만,
어제 떠난 것처럼 이제, 겨우
하루가 지난 것 같다
중력의 작용이던, 어떤 심리의 상태든
수축된 시간이 멈춘 것 같은 지점에서
제자리걸음을 하는 것 같다

엉터리 체력은 아니지만
20일을 하루처럼 버티는 것도 신기하다
구르는 바퀴를 바라보다가
최면이라도 걸린 걸까

오후 6시 30분
경남 고성 당동에 도착했다
물안개 사이로 섬과 새들이
둥둥 떠다니는 곳

아름다운 풍경에 취해
통영엔 가지 못했다

몸은 정말 우주처럼 신비롭다
소멸과 생성을 반복하고
거스르거나 무리하면 탈이 나고
마음도 그렇다

마음은 눈에 보이지 않는 몸

스물두 번째 날

석주화실

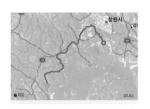

๔๖ 2021. 5. 15. 12:01

사이클링

거리	상승 고도
58.74 km	**625 m**

이동 시간
4:02:13

일시 정지된 시간	총 시간
1:53:21	**5:55:34**

🔲 ELEMNT BOLT 기록됨

삶의 전환점에서 포천에 살고 있는 작가들과의 만남은
용기와 힘이 되는 기분 좋은 만남이었다
한생곤(반고) 이진경 정석도 이종석.... 이들은 포천의 작은
마을에서 조화로운 삶을 꿈 꾸며 살고 있었다
이들의 삶을 바라보면서 나를 덮고 있던 허물이 하나씩
벗겨지기 시작했다 매주 토요일 1박 2일 동안 가족과 함께
이들과 시간을 같이 보내면서 방향을 잃고 떠밀려가던 삶의
갈피와 방향도 잡히기 시작했다
두 개의 길 중에서 선택한 좁고 험한 길이 오히려 내가 가야
할 길이라는 확신 같은 것이었다
그 길에서 만난 것은 가족이었다

지난날이 생각났다

퀴퀴한 냄새가 코를 자극했다

바닥엔 빗물이 고여 있었다
다행히 전등에 불이 켜졌다
숨죽이고 있던 음습한 분위기가 조금씩 가시기 시작했다
아이들과 선생님 부모가 함께했던 자리,
이제 모두 떠나가고 시간이 포박당한 흔적이었다

책들과 물감 캔버스를 차에 실었다
조금 편안한 곳으로 이사 가는 날
두 사람은 소나기를 맞은 것처럼 옷이 땀에 흠뻑 젖었다
일을 했으니 고기를 구워 먹자는 반고샘의 이야기에 쿡 하고
웃음이 나왔다

다음날 오기로 했던 아내가 반고샘 소식에 한걸음에
달려왔다 반주로 시작한 술은 결국 3차까지 이어졌다

아침에 반고샘은 떠났다
땀에 젖은 옷을 그대로 입은 채로....

한생곤 화백과의 추억
곤양에 오는 데 15년이 걸렸다

> 짐승은 즐기다가 죽고
> 인간은 경의에 넘치다가 죽는다
> 끝내 이르게 되는 항구는
> 어디일까?
> 그곳에 섬이 있다
>
> 장 그르니에

스물세 번째 날

커피소녀

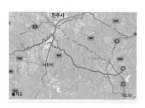

오 2021. 5. 16. 09:37

사이클링

거리	상승 고도
70.31 km	**661** m

이동 시간
4:34:02

일시 정지된 시간	총 시간
4:06:14	**8:40:16**

📱 ELEMNT BOLT 기록됨

커피소녀는 섬진강변 악양에 있는 작은 카페다
그곳에서 페이스북 친구인 커피소녀를 만났다
해가 지고 어둠이 내리기 시작할 즈음이었다 커다란
머그잔에 가득 담긴 라떼를 달게 마셨다
반가움도 가득 담겼다
섬진강 바람이 솔솔 불어오는 아담한 커피숍에
시인의 향기와 커피 향이 가득했다

박남준 시인이 악양에 살아요?
류근 시인도 다녀가셨네요
짧은 만남을 뒤로하고 토끼재를 넘어
백학로 감나무 그늘 아래에서 다섯 번째 친구를 만났다

종일 비
밤새 술

스물네 번째 날

반고

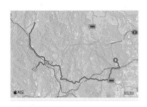

2021. 5. 17. 14:55
사이클링

거리	상승 고도
54.70km	**629**m

이동 시간
4:35:13

일시 정지된 시간 | 총 시간
3:27:50 | **8:03:03**

ELEMNT BOLT 기록됨

첫날은 곤양 석주화실에서
둘째 날은 백학로 감나무 아래에서
사내들은 이틀 동안 음주가무를 즐겼다
결국 입안이 부르트고 터졌다
몸은 늘 마음을 이기지 못한다

감나무가 많은 동네를 떠나오는 날
감나무 그늘 아래 앉아 수아호수를 바라보며
한 사람은 담배를 피우고
한 사람은 생각에 잠겼다

시원한 바람이 지나갈 때 담배를 피우던 사람이
오랜만에 낯선 경험이 참 즐거웠다고
주변에 친구가 있으면 참 좋겠다고 말했다
담배를 피우지 않는 사람이 이어

203

도시에 살아도 군중 속에서 느끼는 고독이
더 아프다고 말했다

떠나올 때
담배를 피우지 않는 사람이 친구를 보며
손 한번 잡아보자고 했다
눈빛이 마주치자
자꾸 슬픈 마음이 들었다

여행은
만나고 헤어짐의 연속
어제는 기뻤고 오늘은 슬픈 것

바람은 어제와 같이
오늘도 불었다

굴뚝에서 피는 연기 같은 시골의 저녁.
야마다 요지 감독의 '작은 집' 마지막
장면이 흐른다.
겨울 바다가 보고 싶었다.
평온한 파도 잔잔한 호수 같은 고요함이
기다리고 있을지도 모를....

스물다섯 번째 날
수요일엔 빨간 장미를

ঔ 2021. 5. 18. 16:10
사이클링

거리	상승 고도
24.77 km	**204** m

이동 시간
1:35:45

일시 정지된 시간	총 시간
21:42	**1:57:27**

🖵 ELEMNT BOLT 기록됨

제이~

폴과 메리가 삐졌어

왜?

너무 심심하데

제주도에 언제 도착하냐며 나한테 투덜대

순천으로 페달을 밟고 있을 때 피터가 조심스럽게 말했다
사천과 광양에서 친구를 만나 옛날에 흠뻑 젖어있을 때
아이들은 화가 자랐나 보다

어느새 25일째
아빠는 아직도 여행 중?
둘째 녀석의 문자가 도착했다
응 여행 중....
용돈 보낸 거 확인했지?

잠깐~
응~ 들어왔네
수요일엔 빨간 장미를
화요일엔 용돈 확인을
아르바이트는 꼭 필요할 때만
응~^^

가끔은 멍한 상태에서 관성의 힘에 밀리는 느낌을 받는다
아이들이 생각났다

폴과 메리에게 미안했다
제주도에서 작업할 생각만 하고 깜빡 잊고 있었다
피터를 카페 주차장에서 쉬게 하고
순천만 갈대숲으로 들어갔다
갈대밭에서 폴과 메리와 데이트를 했다
잠시 모든 것을 잊고
갈대를 흔드는 바람 속에서
함께 춤을 추었다

> 97년생 성열이는
> 세월호와 이태원이 겹친다
> 이 또래 아이들의 고향은 분명 슬픔이다
> 그래서 오늘도 세월호와 이태원은 슬프다
> 아이들 영정 사진을 보니 숨이 더 막힌다
> 그런데 저들은 이 슬픔을 모른다

스물여섯 번째 날

온다도로

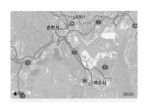

♂ 2021. 5. 19. 11:08

사이클링

거리
47.18 km

상승 고도
345 m

이동 시간
3:12:43

일시 정지된 시간
3:28:40

총 시간
6:41:23

▯ ELEMNT BOLT 기록됨

매니저님 부탁이 있어요 우산이 필요해요
슬리퍼 신고 가세요 신발 다 젖겠어요

똑 누나처럼 챙겨주시네
테이블에 츄파춥스를 하나 놓고 나왔다
마음이 따뜻한 사람은 마음을 기분 좋게 한다

비가 오는 여수에서 하루를 보낸다
여수는 미인의 고장이다 곱고 예쁜 센스있는 미인을 보면
나의 짝도 여수에 있을 것 같은 그런 생각이 든다
아이도 청년도 어른도 모두 마음씨가 곱고 상냥하고
친절하고 스마트하다

아주머니 자연산 홍합이 이렇게 싸요?
서울 양반, 이건 국내산이야 12kg에 만 원

왜 자연산으로 착각했을까
여수 서호항 주변은 국내산 양식 홍합을 가공하는 곳이
항구 주변에 포장마차처럼 즐비하다
바쁘게 일하는 모습에서 사람의 향기가 난다

여수는 미인이 사는 동네
사람 냄새가 나고 정이 넘치는 곳이다

온다도로는 여수 소호항에 와인바가 있는 호스텔이다
이탈리아어로 황금물결을 의미한다
매니저는 떼루아의 의미에 대해서도 이야기했다 떼루아는
토양을 의미하는 프랑스 단어다 포도주가 만들어지는 모든
환경 즉, 포도가 자라는 토양과 기후 조건, 자연조건 그리고
만드는 사람의 정성 등을 뜻하는 의미로 해석된다
점심때 해물파전에 돌산 동동주와 달달한 모주를 대접받았다
술 한잔에 마음이 오고 가니 끊임없이 페달을 밟는 속도전에서
벗어나 느긋하게 머무르는 여행의 기분이 났다

종일 주룩주룩 비가 내린다
느린 빗소리처럼 잠잠한 한가함과 고요함에 조금씩 스며들고
있다 온다도로에서 하루 더 머물러야겠다

시간이라는
덧없음을 견디게 하는 것은,

지난날의 기억들

스물일곱 번째 날

여수

자전거 여행 중인 것을 알고 있는 벗이 동창 SNS에 글을
올렸다 친구 중에 미친 놈이 있어서 세상 살 만하다고
미친놈이 많은 세상이었으면 좋겠다고
어쩌다가 미친놈이 있어야 살만한 세상이 된 걸까
미친놈이 있어야만 살 수 있는 세상이 되었을까
왜 우리는 미친놈이 있는 세상을 원하는 걸까
세상사 많은 일 자전거처럼 페달을 저으며 앞으로 가는 거지

감나무 그늘에 앉아 수아호수를 바라보며 나눈 이야기가
자꾸 생각난다
그 사람이 외롭지 않았으면
그가 웃는 모습이었으면, 늘 평안했으면
힘들게 페달을 밟을 때 생각나는 사람들
그들이 모두 행복하기를

당신이 외롭지 않길

까톡~

감나무 그늘 아래 같이 앉아 이야기했던 친구가 문자를 보냈다

아이에게 용돈을 전달했다고

자신의 업그레이드 버전이라며 아이 사진도 함께 보냈다

나는 업그레이드 버전이 맞는 것 같다고 맞장구쳐주었다

업그레이드 버전이면 분명히 후생가외가 될 거라고

자전거에서 내려 가로수 그늘 아래에서 쉬면서 생각했다

이런 문자 주고받는 것이 행복인데 힘들게 페달을 밟는 이유는 뭘까

여수에는 미인이 참 많아요

제이의 말을 듣고, 물이 좋아서 그럴까요?

온다도로 매니저가 말했다

폴은 생각이 많아 보이고

메리는 왠지 슬퍼 보여요

피터는 하늘을 날 것 같은 백마 같고

피터 폴 앤 메리를 보고 또,

매니저가 말했다

나는 누나 같은 여자가 좋다고 말했다

포근하고 따뜻한 것이 좋다

온다도로에 여전히 비가 내리고 있다

스물여덟 번째 날

사랑한다

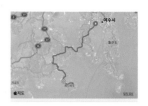

🚴 2021. 5. 21. 09:11
사이클링
거리
78.75 km

상승 고도
1,320 m

이동 시간
5:50:40

일시 정지된 시간
3:33:12

총 시간
9:23:52

🗒 ELEMNT BOLT 기록됨

욕조에 따뜻한 물을 가득 담았다
관 속에 눕듯이 물속에 몸을 담갔다
따뜻한 느낌이 숨구멍으로 스멀스멀 기어들어 왔다
물감이 물에 퍼지듯 꼬였던 실타래가 풀리듯
몸이 풀어지기 시작했다
아무 생각도 하지 말고 긴 잠을 자도 좋겠다는 생각을 했다

비가 온 덕에 온다도로에서 이틀을 쉬었다
떠나는 날
누님 기념으로 같이 사진 찍어요
매니저는 즐거운 여행을 하라며 인삼 진액에 빨대를 넣어 주셨다
안녕~~

할아버지 사진 좀 찍어도 될까요?
뭘 찍을 게 있다고

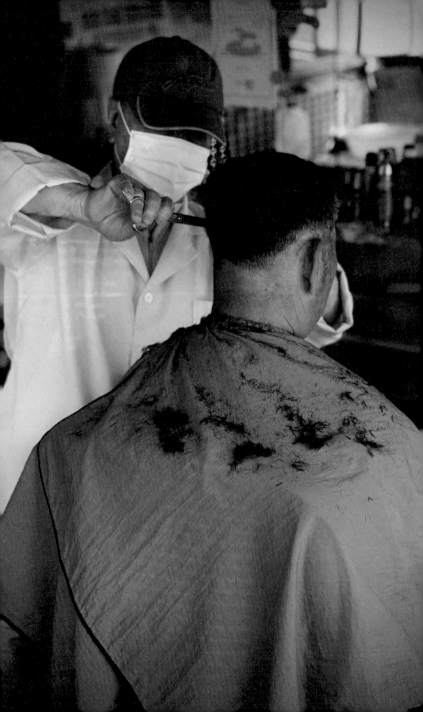

방송국에서 찍겠다고 해도 싫다고 했는데

그런데 뭐 하는 사람인데 머리가 그렇게 길어

내가 좀 잘라줄까?

아~ 아니요 삼손의 머리예요 자르면 힘을 못 써요 ^^

고맙습니다만 다음에....

저는 자전거 전국 일주 여행을 하고 있어요

여행하면서 느끼는 에피소드를 기록해요

일 하신 지는 얼마나 되셨어요

70년 정도 됐지, 어려서 공부할 형편이 안 되니까 이 짓을

했는데 벌써 그렇게 되었네

80이 훨씬 넘으신 할아버지 가위질하는 손놀림이 장인의

손길 같다 사각사각 가위질 소리가 살아있다

살아 움직인다

청년이 고지를 점령하듯 머리카락을 잘라 바닥에 내 던진다

제이~ 바람이 너무 세게 분다 날아갈 것만 같아 무서워

피터~ 너 겁쟁이구나 이 정도는 버텨야지

아니야 바람이 너무 세 어지러워

바다가 끌어당기는 것 같아 정말 무서워

피터~ 나 고소공포증 있잖아 소풍도 산으로 가면 정말
싫었거든

그런데 암벽등반은 어떻게 했어?

줄을 묶으면 이상하게 공포가 사라졌어

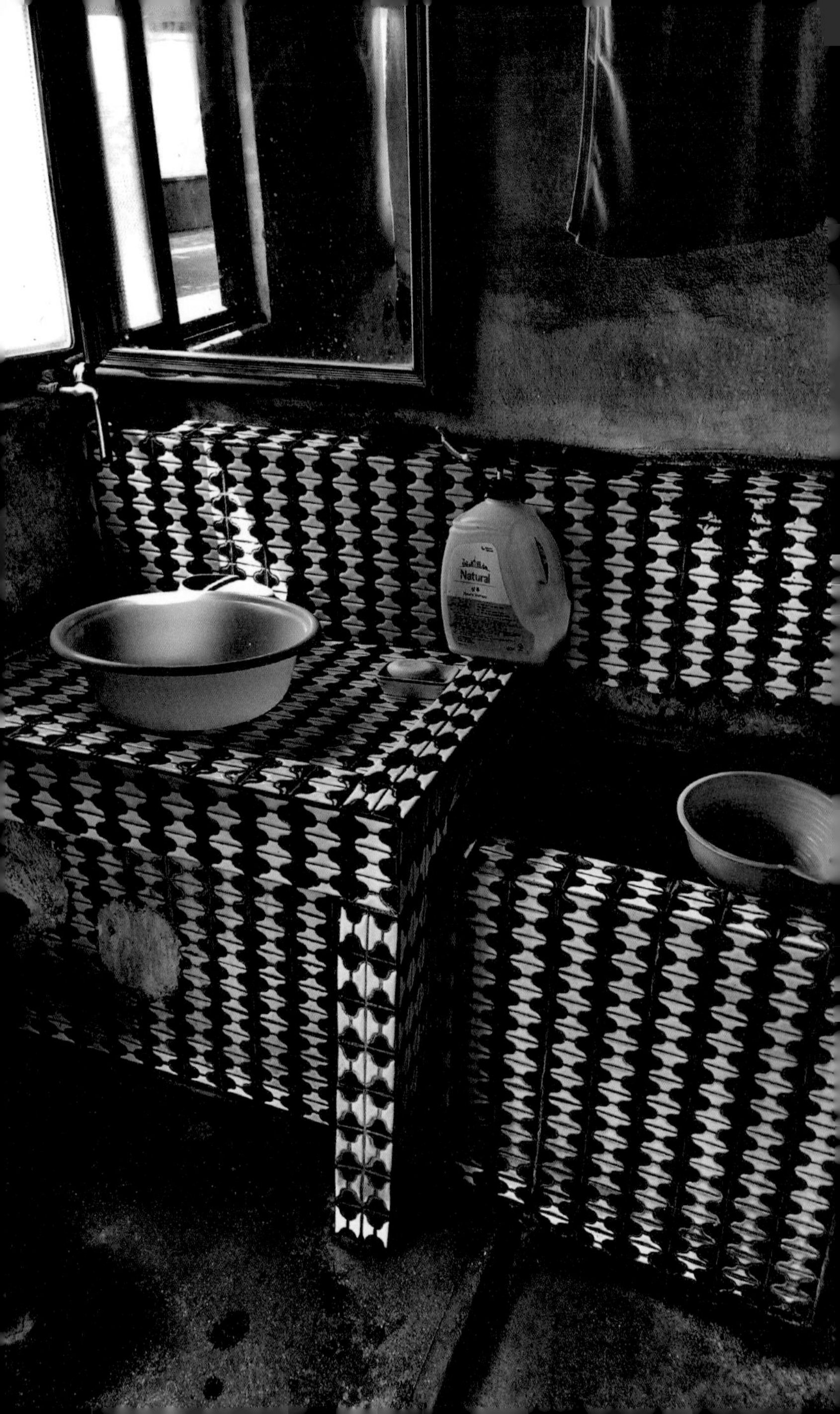
Natural

줄을 믿어서 그런 걸까?

믿음이라는 것 믿는다는 것....

고흥은 섬과 바람의 도시다

여수를 떠나 고흥반도로 들어갈 때 다섯 개의 다리를 건넜다

폭풍에 날아가지 않은 것은 정말 기적이었다

다리 밑에 바다는 천 길 낭떠러지 포탄이 터지듯 하얀 포말을

터트리는 성난 바다는 모든 것을 다 집어삼킬 것 같다

블랙홀처럼 그 속으로 당장 빨려 들어갈 것만 같다

바람은 성난 호랑이 보다 백만 스물 한배 더 무섭다

애들아~ 안녕~ 너희들 몇 학년이니?

안녕하세요~

저는 봉래초등학교 3학년 강채윤

저는 5학년 강민정 6학년 박시화입니다

모두 시인의 이름을 닮았네! 반갑다

자전거 여행 중인 아저씨는 제이

해 질 녘 텅 빈 거리

어린아이 셋

모두 황금을 찾아 엘도라도로 떠난

먼지 날리는 황량한 도시

늦둥이 둘째가 생각났다

고등학교 3학년 때 처음 만나 8년째 사귀고 있는 아이의

친구를 생각하며 글을 썼다

나는 기분이 좋으면 술을 좀 많이 마시게 되는데
그날도 그랬던 것 같다
우리 중에 말을 제일 많이 했던 것 같고
너는 하얗고 정갈한 이를 보이며
참 예쁘고 우아하게 웃어주었고,
나도 취하면 특유에 웃는 버릇 때문에
역시 미소를 잔뜩 담은 표정이었고
안 하는 스킨십도 해보고
군데군데 필름이 끊기고....
꼭 그럴 것 같아 질문을 몇 개 준비해서
시험 전날처럼 단단히 외우고 있었는데
기억을 더듬어보니 두 개 물음에 대한 대답이 생각난다

좋아하는 작가는 한강이랬지
그 대답이 나는 너무 좋아 함박웃음을 지었지
기자직을 해보면 어떻겠냐는 물음에 대한 답은
뭐라 했는지 기억이 나질 않는구나
기자가 어떠냐고 물은 것은
내가 성열이 엄마를 처음 만났을 때
그 사람의 직업이 기자였고
많은 것이 그때의 그 사람과 너의 모습이
놀랄 만큼 비슷하게 겹쳤기 때문인 것 같다

나는 한강의 작품은 읽으면 숨이 찬다고 했고
산문 중에 '종이 피아노'가 기억에 오래 남아있다고 했다
처음 읽었던 때가 생각나 술이 깬 날 밤에 다시 읽었는데
역시 울컥 눈물이 나더구나
소리도 나지 않는 종이 건반을 하염없이 두드리는
소녀의 너무 맑고 투명해서 안타까운 열정과
굳은 얼굴로 빨래를 털던 어머니의 모습과
그 마당의 침묵
자꾸만 종아리를 기어오르던 커다란 개미가 생각나는
그 시절의 일상적 가난....
좋은 책을 많이 읽고 그 영향으로 깊고 넓게 사고하는 것이
좀 더 나은 세상을 사는 방법인 것 같다

나는 가끔 성열이가 동화 속에서 툭 튀어나와
소곤소곤 말을 거는 기분을 느낀다 그러면
아주 좋은 곳을 여행하는 기분이 들고
꽤 괜찮은 영화를 찍는 것 같기도 하고
이제 주인공이 둘이 되었으니
좀 더 긴 이야기를 할 수 있을 것 같다
세계평화를 위한 큰 뜻을 품은 것이 아니면
개인의 작은 발전과 행복도
사회 발전에 기여하는 것이다

나는 자전거를 타고

길 위에서 바람과 햇살과
푸른 하늘의 노래를 들을 테니
너희는 너희들이 좋아하는 것을 해라

젊음도 한 시간 반쯤 되는 연극처럼
마지막 대사를 마치면
막을 내리고 끝이 나는 것
시간이라는 게 500년을 산다고 해도
언젠가는 고립된 사막에서 마지막 남은
물통에 든 물 같은 것

바람 빠진 자전거처럼 참 느리고 힘들게 굴러가도
지나간 시간은 언제나 순식간이더라

시간을 잘 관리하고
건강하고 서로 아껴주고
사랑하며 살아라
우리는 존엄한 존재로서 행복을 추구할 권리가 있다

사랑한다

어젯밤엔 달이 두 개 떴는데
하나는 네모였다고 이야기해도 믿어주는
그런 사람

스물아홉 번째 날

여행의 맛

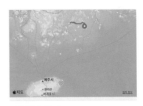

🚴 2021. 5. 22. 10:35
사이클링

거리	상승 고도
45.89km	**452**m

이동 시간
3:14:41

일시 정지된 시간	총 시간
5:10:03	**8:24:44**

🔲 ELEMNT BOLT 기록됨

경상도 여자는 연애하고 싶고
전라도 여자는 누나 하고 싶고
서울 여자는 힘겨운 살림살이

고흥,
붉은 땅
미인의 눈물이 고인 갯벌
사랑의 본질은 눈물인가
안갯속에 숨어있는 창백한 푸른 섬
사람보다 섬이 많은 곳
얼굴을 할퀴는 짠바람
아름답다
아름다워 눈물이 난다

22일 토요일 오후 2시 15분
고흥 녹동항에 도착

3시 출항하는 선라이즈호에 승선했다

제이~ 나 좀 풀어줘
불편해

피터~ 참아
성산포항에 닿을 때까지
참아야 해

6시 40분 제주 성산포항 입도
미인
애인
트라이애슬론
노동의 기억

더 짙어지고
더 깊어지고

오월에 피는
사포나리아꽃 같은 당신
그해 여름은 해가 지지 않는
계절이었습니다

풀을 뜯어 먹으며 네 옆을 지나가는 가축 떼를 한번 보라
그들은 어제가 무언지, 오늘이 무언지 모르고 그저 이리저리
뛰어다니고, 먹고 쉬고 소화하고 다시 뛴다.
그렇게 아침부터 저녁까지 매일매일, 자신의 호불호에, 다시
말해 순간의 말뚝에 묶여 있으며 그래서 우울함도 권태도
느끼지 않는다.

- 니체

서른 번째 날
우도

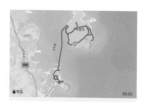

🚴 2021. 5. 23. 10:28
사이클링

거리
25.84 km

상승 고도
289 m

이동 시간
2:20:59

일시 정지된 시간
6:18:59

총 시간
8:39:58

☐ ELEMNT BOLT 기록됨

길은 문제이고
길 위에 답이 있다

나는 언제나 술래

걷다 보면 보인다
슬그머니 나타난다
찾을 수 있다

마지막 배 출항 후 고요 가득한 정적의 섬

바람이 숨고
사람은 떠난

깊고 진한 날것의 향수에 독하게 취하는
우도의 첫 밤

서른한 번째 날

비양도

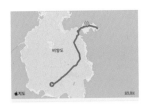

🚲 2021. 5. 24. 09:26
사이클링

거리   상승 고도
10.23 km   **125** m

이동 시간
51:52

일시 정지된 시간   총 시간
9:24:27   **10:16:19**

무엇이 보이나
파도가 비명을 지릅니다

무슨 소리가 들리나
하늘도 바다도
온통 창백합니다

배는
오는 겁니까
가는 겁니까

하염없이 바다를 바라보던 친구
생각이 났다

비양도에 텐트를 쳤다
초대를 안 해도 찾아오는 수고

종일 바람이 온다
사람과 바람과 함께 모인다

환영합니다
입주를 축하합니다

파란색,
빨간색,
하늘색,
작은 섬들이 하염없이
펄럭인다

우주를 생각하면 인류의 문명은
그저 사소한 사건에 불과하다
그러니 나의 대립과 갈등은
얼마나 작고 하찮은 고민일까
박제해 버린 3월도
창백하게 푸른 사월도
신록의 오월 꽃의 계절도
못돼 먹은 검찰, 국개의원 모두
아옹다옹 다투는 아이들의
소꿉장난

서른두 번째 날

데이트

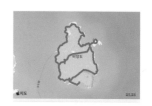

♂ 2021. 5. 25. 07:35
사이클링

거리   상승 고도
26.23 km   **341** m

이동 시간
2:13:53

일시 정지된 시간   총 시간
8:03:24   **10:17:17**

☐ ELEMNT BOLT 기록됨

우도에서 3일째 비양도에 텐트를 두고 북쪽으로 이동 '노닐다
게스트하우스'에서 노닐다
주인 박 가브리엘님 이 형님 느리고 묵직한 저음 목소리에
향기가 있다 젊었을 땐 운동권, 문정현 신부님과 함께 찍은
사진이 문득 반가웠다
알프스 소녀 하이디와 수련과 친구 동백 3대 1 저녁 데이트 약속
오늘 여복이 터지는 날
제주도의 여자는 누나도 되고 동생도 되고 친구도 된다

비양도 근처 도로 갓길에서 폴 앤 피터와 사진 작업을 했다
흐린 날씨에 강풍이 불어 폴과 메리가 자꾸 쓰러졌다 비양도
바닷바람은 심술이 가득하다

내일은 비가 온다는 예보다
아침햇살이 뜨겁지 않으면 늦잠 잘 수 있겠다

새벽 텐트 안이 춥다 오월의 끝인데 아직도 쉽지 않다

바다는 끊임없이
우는 걸까
노래하는 걸까
화가 난 걸까
웃는 걸까

천 년을 넘게
일관성 있다는 것

백 년도 못사는 인간은
말이 너무 많다
이유도
변명도

세상에 어른은 얼마나 될까
나이 먹는다고 모두 어른이 되는 건 아니다

수련이 우도 막걸리와 감자 부침개를
하이디는 맥주와 김 튀각을 가지고 왔다
비양도 텐트에서 집들이를 했다
세 여인과 석양과 밤바람 술과 어울릴 때
동백은 제이의 긴 머리를 세일러복을 입은 소녀의 묶은 머리처럼
옛날을 수놓았다

서른세 번째 날

오월의 신부

달팽이는 한 뼘 거리를 가는데
얼마나 걸릴까
거리와 시간은 모두 상대적

나는 한반도의 반쪽을 자전거를 타고 가고 있다

한 뼘 거리 나의 우주를
내 몸의 속도에 맞춰 걷는 것 하여,
달팽이의 속도나
나의 속도나
다른,
빛의 속도가
무슨 차이가 있을까

4일째, 비양도 바람과 연애에 빠졌다
종일 부는 소금기 머금은 찐득한 바람에 묘한 매력을 느낀다

바람도 나를 놓아줄 생각이 없는 것 같다
하지만 여행은 이별을 전재한 것 하여,
마냥 머물 수는 없는 것

복병은 믿었던 사람이거나
예상하지 못한 곳에서 만난다
이럴 땐 침착해야 한다
감정이 앞서면 판단을 그르치고
문제가 엉킬 수 있다

옆 동네로 이사를 했다
비 소식도 있고 흙바닥은 소용돌이 바람 때문에
바람에 섞인 흙이 텐트 안에 쌓였다
잔디가 잘 정돈된 마당이 있는 바로 옆 동네로 이사를 했다
몇 발짝 움직인 수고에 새집에 이사 온 기분이 들었다
생각을 하면 몸이 따라 움직여야 결과가 나타난다
이사한 자리는 포토존이 되었다

5월의 신부는 아름답다
모두 행복하여라

괜찮겠어요? 물으니
오월이잖아요
그가 짧고 아프게 웃었다
복효근

서른네 번째 날
노마드

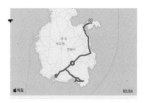

🚴 2021. 5. 27. 오후 3:08
사이클링

거리	상승 고도
9.94 km	**170 m**

이동 시간
1:06:03

일시 정지된 시간	총 시간
4:27:35	**5:33:38**

📱 Recorded on ELEMNT BOLT

백만 스물하나

백만 스물둘…

제이~ 뭐 하는 거야?

빗소리를 세고 있어

하염없이 텐트에 떨어지는 비

피터가 비를 견딜 수 있어 다행이다

빗속에도 캠퍼들이 모인다

하나 같이 모두 커플이다

재이는 부러진 한쪽 날개가 아팠다

늦은 오후 점점 굵은 빗방울이 떨어진다

바람도 성을 냈다

긴 옷을 입고 누워 하늘을 보았다

하늘엔 가득 비 우는 소리
비와 바람이 밤새도록 함께 울었다
텐트 안은 결로 현상으로 습하고 춥고 많은 생각과 걱정과
불안으로 잠을 이룰 수 없다
소설을 읽어주는 팟캐스트를 듣다가 가까스로 잠이 들었다
잠결에 뒤척이면 잠이 깼다
차가운 침을 맞은 것 같은 놀라움
결로현상으로 모인 습기가 물방울이 되어 하필
얼굴에 떨어졌다

5일째 비양도 바다를 바라보고 있다
바다는 볼 때마다 다른 모습이다
흐리거나 땡볕이거나
바람이 불거나 죽은 듯이 고요하거나
떠나야 할 사람의 발길을 꽁꽁 묶어 머물게 한다
바람과 구름으로 수많은 그림을 그려내는 경이로움에
카메라를 들고 있지만 속수무책이었다

동이 틀 무렵 폴과 메리 촬영 후에 양치질하고 편의점에 가서
아침장을 보았다
종일 일하시면 피곤하지 않으세요?
괜찮아요 힘들 땐 도와주는 사람이 있어요
목소리가 작고 별로 말도 없고 물으면 간단히 대답만 하는
조금 겁에 질려있는 푸들 같은 아주머니

5일 동안 마주치니 말이 섞였다
카드 없이 계산된 외상값을 갚고 노마드용 6만 mAh 배터리
충전을 부탁했다
라면 2개, 맥주 만 원, 소시지 안주, 2+1 달달한 라테
오늘 아침장 19,760원을 결제했다

집 떠난 지 34일째 노마드 생활에 조금씩 익숙해진다
날것에 가깝게 사는 법을 배우는 묘한 즐거움을 느낀다

5일째 머리를 감지 못했다
매일 감아도 날리던 비듬이
이상하다
머리가 가렵지 않다

밤새 강풍과 폭우로 텐트가 일부 침수되었다
자리를 옆으로 옮기는 것으로 복구에 성공했다
새집을 짓는 기분이 들었다
노동의 맛이랄까?
보람과 기쁨과 즐거움이 섞인 기분 좋은 묘한 맛

여행은 자연과 섞이는 노력이다
최대한 옷을 벗고
화장을 하지 않고
태양과 그늘 아래에서
바람과 만나는 것

세수를 하고 이를 닦고
습관적으로 선크림을 발랐다
익숙해질 때까지는 시간이 필요하다
그냥 되는 일은 드물다

길에서 만나 함께 여행하는 청년 셋이
피터 옆자리에 텐트를 쳤다
큰아이와 늦둥이 사이의 서울 부산 아가씨들
삼겹살을 굽고 치킨을 시키고 맥주와 막걸리로 파티를 즐겼다
아프니까 청춘이란 말은 결코 옳지 않다
청춘은 함께 모이고 달리고 소리치며 자유롭다

늘,
가슴속에 살아 꿈틀대는
아이는

맑다
선명하다
분명하고 깨끗하다
언제나
당연하다

손을 잡지 못하고 바라만 본다고
그것이 사랑이 아니라고 말하지
않는다

서른다섯 번째 날
해와 함께

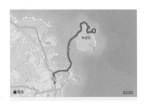

♾ 2021. 5. 28. 11:38
사이클링

거리	상승 고도
16.28km	**170**m

이동 시간
1:21:11

일시 정지된 시간	총 시간
3:18:41	**4:39:52**

⎕ ELEMNT BOLT 기록됨

손등으로 눈을 가리고 잠이 들면
동이 틀 때 잠이 깬다
해와 함께 일어난다

늦게 잠이 들고 일찍 잠이 깬다
기대거나 의지할 것 없는 생활
꼼지락거리는 게 더 귀찮다 하여,
의지와 관계없이
부지런한 사람으로 진화 중이다

일출과 함께 산책하면
금세 잠이 깨면서 정신이 맑아진다
좀 신기하다
부족한 잠으로 컨디션이 안 좋아도
이른 아침 해풍에 풍욕을 하면

바로 회복된다
정말 신기하다

큰 배가 섬을 떠나 점점 멀어지고 있다
작은 점이 되어 사라질 때까지 바라보았다
런던 파리 뉴욕....
생각나는 도시가 고작....
하지만,
나의 살던 고향은 꽃피는 산골이 아닌걸....

바람이 세게 부는 날
나의 작은 집은 강풍에 버틸 수 없다
텐트를 걷고 비양도를 떠날 준비를 했다
붙잡는 것도 아닌데 왠지 아쉽다

연연하거나
미련이 남은 것도 아닌데
떠나면 또
만나는 것을

오월 이십팔 일 오후 세 시 이십 분 하우목동 포구
성산포항으로 출항하는 배에 승선
5박 6일 동안 연인이 되어준 섬 비양도
see again~
가자~ 피터! 폴 앤 메리~

서른여섯 번째 날
두모악

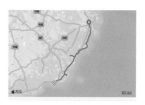

🚴 2021. 5. 29. 10:47
사이클링

거리	상승 고도
28.49km	**163**m

이동 시간
2:06:34

일시 정지된 시간	총 시간
5:49:19	**7:55:53**

📱 ELEMNT BOLT 기록됨

우도를 떠나 다시 제주도에 입도 성산에 숙소를 잡았다
부킹 앱에서 68% 세일 더블 침대가 두 개, 혼자 사용하기에 넓은
공간이다
짐을 풀고 오랜만에 씻었다
개운함 다음에 오는 나른함
문명화된 인간을 지배하는 오래된 유전적 기억
다음 날, 성산 일출봉을 바라보며 어제 마시고 남은 맥주와
치즈로 티파니에서 아침을....

간단하게 아침 식사를 마치고 두모악을 향해 페달을 밟는다
제주를, 바람을 사랑한 한 인간을 마주할 생각에 가슴이 뛴다

막걸리 한잔하고 가세요~
두모악 가는 길에 길가 포장마차에서 나그네 둘이 길을 막았다

점심을 먹을 겸 머물까 했는데 막걸리와 해물라면까지
대접받았다
긴 머리 날리는 뒷모습이 여자인 줄 알았어요
아~ 남자라서 죄송합니다 ^^

여행하는 사람들끼리 통하는 멋
여행의 맛

다시 페달을 밟는다
자전거 속도에 맞춰가는 차에서 아이가 손을 흔들었다
나도 손을 흔들며 안녕~
피터가 날개를 펴고 하늘을 날았다
행복하여라
아이야 너도 행복하여라

피터~ 왜 그래? 어디 아프니?
피터의 신음이 들린다
비양도의 비바람을 견뎌냈지만 조금 긴 여정에 피로가 쌓였다
성산엔 자전거 메카닉이 없다
서귀포엔 있을까?
격상된 코로나로 서귀포는 조심해야 한다는데
왈종미술관도 이중섭거리도 건너뛸지 고민 중인데
제주까지 가야 한다
버티자, 피터~ 힘을 내~

두모악에서 폴과 메리와 더블데이트를 즐겼다
모기의 습격도 모른 채 작업에 몰입 우주에서 제일 싫은 모기
두모악에서 서귀포로 이동 중 찾아온 허기
길가 음식점 초계탕 메뉴를 보고 달리던 피터를 세웠다
초계탕을 주문했으나 2인 이상의 메뉴라며 아주머니는
평양온반(닭곰탕)을 권했다
혼자 주문을 받고 주방에서 요리도 하는 아주머니의 손길과
동선이 예사롭지 않다

첫술이 입에 닿는 순간 음식에 마음이 담긴 것이 느껴졌다
음식에서 이런 정성을 느낄 수 있다니 묘한 경험이었다
주방이 선명하게 앞으로 다가오더니 아주머니 모습에서 후광이
비쳤다
아주머니~ 제자 하나 키우시지 않을래요?
이미 상처를 받으신 아주머니
길가 허름한 음식점에서 강호의 고수를 영접한 날
숨어 사는 외톨박이 같은

어느 날 문득 육식하지 말아야겠다고 생각했다
꽃도 꺾지 말고 풀도 밟지 말아야 한다는 생각도 했다

모든 생명체에는 인간과 동등한 지위를 부여해야 하며
인간도 생태계 일부임을 인식하고 '자연을 인간을
위해 존재하는 수단'으로 보아서는 안 된다
심층 생태론을 창시한 노르웨이의 철학자 '아르네
네스'의 말을 되새긴다

서른일곱 번째 날
돌문화공원

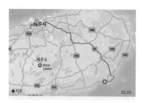

🚲 2021. 5. 30. 09:59
사이클링

거리	상승 고도
62.46 km	**648 m**

이동 시간
4:23:56

일시 정지된 시간	총 시간
6:30:24	**10:54:20**

📱 ELEMNT BOLT 기록됨

피곤하다

아직 자정 전인데 잠이 달게 쏟아진다

꾸벅꾸벅 졸다가 잠에 빠졌다

피터의 신음은 당연하였다

다음 날

돌 문화 공원 가는 길

계속 이어지는 오르막

그리고

은밀하게 감춰진 공간

의도된 불친절일까

미로에서 동선을 찾으며 헤매다가 누보 관장님 조우

폴과 메리에 대한 관심

영감을 얻은 관장님의 즉흥 피아노 연주

관객은 한 사람
특별한 연주
특별한 경험

향기 짙은 사람이 있다

햇살이 눈 부신 봄날
골목을 걷다가 스친
라일락 향기 같은

살짝,
이마에 내려앉아
간지럼 살살
눈 못 뜨게 하는

햇살 때문인가

커튼을 젖히고
창문을 열고
눈 부신 햇살과
상큼한 바람의 향기를 느낀다

아침에 일어나 파헬벨을 듣는다
요한 크리스토프 파헬벨
바로크 시대 독일에서 태어났다
출생 1653년
사망 1706년 3월 52세
신성 로마 제국 뉘른베르크

서른여덟 번째 날

월요일

᚛ᚏ 2021. 5. 31. 11:33

사이클링

거리	상승 고도
11.11 km	**158** m

이동 시간
1:12:48

일시 정지된 시간	총 시간
3:53:05	**5:05:53**

🔲 ELEMNT BOLT 기록됨

제주도는 월요일이 쉬는 날이다

관광객 위주로 섬의 생태계가 돌아가서 그런 것 같다

돌 문화 공원도 쉬고 아라리오 뮤지엄도 쉬고

자전거 샵도 쉰다

월요일 아침 오늘은 그냥 주변이나 어슬렁거려봐야겠다

체크아웃하고 로비에서 제주도 관광 지도를 펼쳐보았다

어디로 갈까?

한라산은 입산 허가를 받고 대기해야 하고

재래시장에 가서 맛난 것을 먹을까?

맛난 것은 함께 먹어야 하는데....

말동무라도 만나기를 바라는 마음으로 걷다가 닿은

동문재래시장 제주 빙떡 천 원, 호떡은 오백 원

"천 원 받아도 되겠어요."

하나 먹고 두 개 사서 가방에 담았다
저녁 한 끼로 충분하겠다

베트남에서 한국으로 시집온 미인의 손놀림이 쫓기듯이 바쁘다
바로 옆에서 장사하는 시장의 터줏대감 같은 아주머니 미인을
바라보는 눈빛이 싸늘하다
사지 않을 거면 오는 손님 막지 말고 얼른 가라는 노골적인 말투
제주도 인심은 이런가? 사람이 모여야 장사도 되는 거 아닌가?
수심이 가득한 미인의 표정과 주름살 깊게 파인 아주머니의
표정이 흰 도화지에 보색처럼 서로 부딪쳤다

표선 게스트하우스에서 1박을 하다가 문득 돌문화공원에 가고
싶은 생각이 들었다
서귀포 중문으로 시계 방향으로 해안선을 따라가려던
계획이었는데 자꾸 마음이 끌렸다
거리 34km 출발부터 끝까지 오르막이다
쉬엄쉬엄 가야지 하면서 페달을 젓는데 차도 사람도 없는 사막
같은 황량한 길이 계속 이어졌다

제주섬 등성이에 자리 잡고 있는 돌문화공원의 규모는 생각을
너머 어마어마했다
입구에서부터 어디로 가야 할지 막막했다
주차장은 축구장을 서너 개 모아 놓은 것만큼 넓다
물어물어 숨어있는 매표소를 찾는데도 한참

영화의 주인공이 되어 미지의 세계를 경험한 듯한 묘한 느낌이
숙소에 와서도 지워지지 않았다

누보 관장님 피아노 연주를 듣고 이야기하다가 사진은 못 찍었다
노마드 생활에서 오늘은 높은 퀄리티의 문화적 경험을 한 날이었다
이 기분을 조금 더 길게 유지해야겠다
화요일에 또 와야겠다
생각 후 제주시 방향으로 페달을 밟았다 제주시 방향으로 선택한
건 피터와 메카닉의 만남
전화를 걸어 약속했다 제주시까지는 대부분 내리막이다
쏜살같이 달려왔지만, 별다른 처방을 받지 못했다
피터의 신음은 계속되었다
오른쪽 페달에서 문제가 생긴 것 같다
다시 방문해서 페달을 점검해야겠다
"피터 잘 참고 있어 큰 부상은 아닌 것 같아."
아래 기어가 잘 물리지 않아 드레일러를 손봤는데 이번엔 윗
기어가 제대로 물리지 않았다
오르막에서 변속이 잘 안된다
제주도에선 윗 기어를 더 많이 사용하는데
내일 다시 샵에 들려 점검해야겠다
휴대전화 앱으로 숙소를 잡고 4시에 체크인했다
14시를 매번 4시로 착각하는 이유를 모르겠다
가격은 25,380원 같은 방 내일은 37,000원

여행 중 두 번째 욕조가 있는 숙소다
욕조에 따뜻한 물을 가득 담고 풍덩 빠졌다
얼굴을 물속에 담그고 숨을 참으며 온기를 느꼈다
그것만으로 얼마나 행복한지
시원한 캔맥주를 들이켜는데 독한 술이 들어가듯
몸 안이 뜨거워졌다
오랜만에 노래도 듣고 술의 기운으로 큰 소리로 따라 부르고....
유료로 이용하는 뮤직 앱에서 요즘 자주 듣고 애청하는 노래는
비욘세의 halo다
마이클을 추모하며 존경하는 마음이 그녀의 목소리에서 느껴진다
어떤 경계에서 흐느끼는 가성의 떨림은 혼과 대화하는 기도
들을 때마다 몸이 떨린다 감격의 전율을 느낀다

욕조 바닥 물속에 가라앉은 몸
비 오듯이 땀이 난다
몸 안의 노폐물이 모두 빠져나가는 것 같다

꽃비, 실화, 오다가다, 그리고
그리워져라…

손지연의 노래는 깊어지는 슬픔이 발화되어
영락없이 눈물이 된다
화선지에 스며드는 기운생동 하는 선처럼
마음속 깊이 독하게 파고드는 음률
시처럼 곱고 여린 아름다운 이야기
눈물을 훔치다가 깊은 잠에 빠진다

서른아홉 번째 날
골병

⚙ 2021. 6. 1. 10:36
사이클링

거리
44.34 km

상승 고도
554 m

이동 시간
3:03:45

일시 정지된 시간
5:38:57

총 시간
8:42:42

▯ ELEMNT BOLT 기록됨

"제주 은갈치 1kg에 6만 원입니다."
은빛이 영롱하다 어쩌면 저렇게 반짝일 수 있을까
숨은 끊어졌어도 빛이 살아있다
죽어서 살게 하는 음식
그 음식이 자라는 환경을 지키고
보존해야 하는 것은 인류의 마땅한 의무다

여행 39일째 스프라켓과 체인을 교체했다
피터~ 너도 골병이 드는구나
그래도 심장을 바꾸어 달릴 수 있으니 얼마나 다행이니
또 아픈 데는 없니?

주행 거리 2,000여 km 한 달 동안 일 년 달릴 거리를 탔다
오르막에서 허기를 느꼈다
국시집에 들러 잔치국수를 먹었다

허기가 가셨을 때 오는 여유
먹는 것의 즐거움 문득,
드라마 스페셜 '국시집 여자' 전혜빈

돌문화공원 가는 길은
끝까지 오르막 올 때는 끝까지 내리막
작업을 마치고 숙소 가는 길
내리막에서 참다랑어 정육점 발견
다시 올라가
"가장 맛있는 부위로 혼자 실컷 먹을 만큼 주세요."
펄 브리지 한 아이돌 폼새가 나는 청년
친절하게 칼과 도마까지 챙겨주었다
친구가 응원한다고 보내준 거금으로 39일 만에 호화 만찬

자전거를 타고 달리면
문득 떠오르는 문장이 있다

강물을 생각하려 한다.
구름을 생각하려 한다.
나는 소박하고 아담한 공백 속을,
정겨운 침묵 속을 그저 계속
달려가고 있다
그 누가 뭐라고 해도,
그것은 여간 멋진 일이 아니다

무라카미 하루키

마흔 번째 날
진심

🚴 2021. 6. 2. 10:20
사이클링

거리	상승 고도
44.18km	**584**m

이동 시간
3:59:46

일시 정지된 시간	총 시간
5:00:07	**8:59:53**

📱 ELEMNT BOLT 기록됨

50m 전방 껍질째 먹는 참외 팔아요
오르막 갓길에 노란색 페인트로 쓴 서툰 글씨의 간판
돌문화공원 가는 길 마지막 오르막 갓길에서 아저씨가 참외를
판다
그런데 껍질도 안 벗기고 통째로 먹는다고?
영화를 좋아하지만, 호러물은 질색인데
무서운 장면은 소리 죽이고 실눈으로 보는데

"아저씨 미인이 먹을 거니까 제일 맛있고 잘생긴 놈으로
주세요."

진심으로, 정중하게, 부탁하듯이 공손하게 하지만,
대~충 골라준 잘생긴 놈을 조심조심 페니어 가방에 넣었다
계속 이어지는 오르막 참외 조금 넣었다고 묵직하게 느껴지는
페달 하지만, 미인을 만날 땐 이 정도의 노력은 기쁨이야

285

돌문화공원 제2코스는 미로가 이어지는 작은 정글이다
이렇게 고요하고 호젓한 길이 공원에 있다니 믿기지 않아
숲의 정령이 한둘이 아니야

코스 길 너머 숲으로 들어가면 더 아찔해요
좀 무섭다는 생각도 들어요

그렇다면 또 와야겠어요
내일은 천둥번개치고 바람 불고 비가 온대요 좀 쉬세요

그래야겠다
오늘 너무 긴 시간 숲의 요정과 데이트했다

"작가님 오시면 커피 한 잔 드리라고 하셨어요."

아~ 이런 영광이
나흘째,
돌문화공원에 푹 빠져버렸다
특별대우까지
내용은 x 파일 밝힐 수 없다

생각만 해도 마음이 설레고
멀리 있어도 그 향기에 취할 것만 같고
손끝만 닿아도 백만 볼트의 전류가
흐르는 사람이 있었다

먼 옛날에

마흔한 번째 날
매혹 혹은 유혹

🚴 2021. 6. 3. 12:44

사이클링

거리	상승 고도
41.03 km	**562** m

이동 시간
3:12:53

일시 정지된 시간	총 시간
3:21:27	**6:34:20**

🖥 ELEMNT BOLT 기록됨

피터 폴 앤 메리와
비양도와 돌문화공원에서 2주를 보냈다

비양도가 매혹에 끌린 섬이라면
돌문화공원과 만남은
미로에서 길을 잃고 송두리째 결박당한
유혹의 시간이었다

동그랗다는 것은
궁극의 완성의 의미일 것이다.
누군가 생각하는 네모난 모습의 행성은
아직 발견되지 않았다.

아이는 작은 동그라미
어른은 큰 동그라미

291

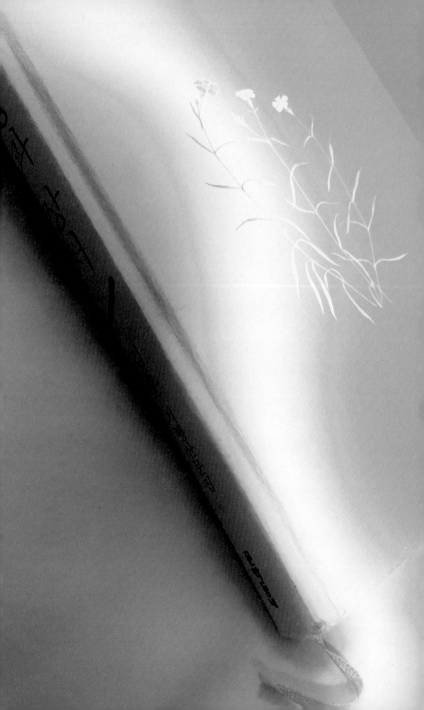

마흔두 번째 날
풍경과 상처

빗방울이 떨어진다
흐린 하늘 아래 부드럽고 시원한 바람이 분다
미인의 속살을 만지는 것처럼 편안하고 행복하다
아침 겸 점심으로 마신 작은 캔맥주 하나에 취해 꿈결 같다
하지만 어디 맥주 한 캔에 취했을까
바람에 흔들리는 풀꽃의 유혹에 휘청이는 흐린 정오

밤새 비가 내렸다
나는, 아침까지 잠 못 들고
'풍경과 상처'
김훈 에세이를 읽었다

> 사쿠라꽃 피면 여자 생각난다
> 이것은 불가피하다
> 사쿠라꽃 피면 여자 생각에 쩔쩔맨다
> 풍경과 상처/김훈

마흔세 번째 날

슬기로운

🚲 2021. 6. 5. 09:44
사이클링

거리	상승 고도
44.86 km	**549** m

이동 시간
3:25:26

일시 정지된 시간　총 시간
5:46:43　**9:12:09**

🔲 ELEMNT BOLT 기록됨

구름 가득하고
바람 부는 날
자전거 타기 좋은 날

쓰읍~쓥 싸악~싹

나의 페달링 소리
쓥쓥 싹싹은 빠르지만, 촐랑대는 것 같다
빠른 것도 즐겁지만 멋,
라이딩도 폼이다

쓰읍~쓥 싸악~싹

물론 내리막에서는

쓥쓥 싹싹

90도에서 45도로 넘어가는
특별한 경계
힘을 쓰는 순간,
페달이 넘어올 때
쉴 수 있는 지점을 만난다

그 짧은
순간을 느끼는
슬기로운 재미

연홍
첫눈 오는 날의 기억
바람 부는 가을에 온 편지
메아리처럼 되돌아오는 그리움

성열이
앞마당 화단에 내리는 봄볕
머리카락을 날려 얼굴을 간지럽히는 바람
언제나 마음의 태양
중력 같은 원초적인 힘

암벽등반
경계에 서는 것
손끝에 하늘이 닿으면 새가 되어 난다

아파트먼트
골목을 집어삼키는 블랙홀
추억의 흔적을 지우는 지우개

마흔네 번째 날

사쿠라꽃

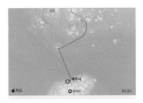

♂ 2021. 6. 6. 10:14
사이클링

거리	상승 고도
138.50km	**40m**
이동 시간	
6:03:06	
일시 정지된 시간	총 시간
3:00:47	**9:03:53**

🔲 ELEMNT BOLT 기록됨

제주에서 마지막 날이다

떠날 생각을 하니 잠이 오지 않았다

꼬물거리다가 3시쯤 잠이 들었다

6월 6일 13시 45분 제주항 출발 추자도 경유 18시 45분

완도에 입항하는 표를 발권 13시 20분 피터 폴 앤 메리

송림 블루오션호에 승선했다

13시 45분 제주항 7부두 출항

5월 22일 제주 입도 16일 만에 육지를 밟는다

7일 완도~땅끝마을

8일 땅끝마을~목포 78km

9일 목포~고창 144km

10일 고창~군산 82km

11일 군산~세종 118km

12~13일 세종~원주 164km

15일 원주 F4 모임
16일 서울, 멘토 선생님과 조우
17일 집 도착
19일 아스트라제네카 백신 접종

피곤한 날 일찍 잠이 들면 새벽에 눈을 뜬다
시계를 보면 언제나 3시다
오후 3시인 줄 알고 깜짝 놀라 일어나게 된다

제주항을 떠난 배는 추자도를 거쳐 7시 15분 완도에 도착했다
바다를 달리는 동안 3등 객실에 누워 천장을 바라보거나
갑판으로 나와 저무는 바다를 오랫동안 멍하니 보거나
읽던 책을 또 읽어도
언제나 제자리
발목을 잡힌 듯
같은 자리를 벗어나지 못했다

여행하는 동안
나의 머릿속에는 늘 사쿠라꽃이 피었다
폭설처럼 푹푹 꽃이 지는 밤
눈을 뜨면
우~웅 우~웅
냉장고 돌아가는 소리
푹푹 꽃잎에 빠져 밤새,
나도 울었다

마흔다섯 번째 날

공존

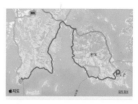

🚴 2021. 6. 7. 10:40

사이클링

거리	상승 고도
48.24 km	**537** m

이동 시간
3:04:09

일시 정지된 시간	총 시간
2:16:49	**5:20:58**

📱 ELEMNT BOLT 기록됨

시작과 끝은 언제나
같은 시간 같은 공간에 공존했다

기대와 아쉬움이 함께 존재하듯이

여행은
떠나는 아쉬움과
새로움에 대한 기대
늘
설렘으로 충만한
기분 좋은 유랑

체중이 줄어 몸이 가벼워졌다
20년 전쯤으로 돌아간 것 같다
덩달아 마음도 가벼워진 느낌이다

여행은
널브러진 상념 덩어리가
바람과 햇살에 씻기고 사라지는
물리적인 현상,

상념이든 살덩이든
버려지는 것

고즈넉한 바다
땅끝마을로 가는 길

짧은 오르막과 내리막
바람도 햇살도
섬과 육지는 같은 듯 다르다

그래도 페달링은 한결같이

쓰읍~쑵
싸악~싹

그렇게 달리다가 문득, 타임머신을 탔다
박제가 되어 멈춰있던 시간
40년을 거꾸로 달려 서산에 가기로 했다

어슬렁어슬렁
넌, 언제나 혼자 걷지
픽, 당당하게

마흔여섯 번째 날

정체

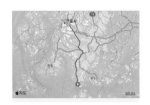

♂ 2021. 6. 8. 10:01
사이클링

거리	상승 고도
76.92km	**503**m

이동 시간
4:52:42

일시 정지된 시간	총 시간
2:11:24	**7:04:06**

ELEMNT BOLT 기록됨

땅끝에 온 것을 축하하며 피터와 함께 샤워했다

샤워를 마치고 체인 오일을 바르고
뭉친 기름을 닦아내고 구석구석 물기를 닦아주었다
피터는 새 차가 된 듯 10년은 젊어졌다
샤워부스 거울 속에는 20년 전쯤 청년의 모습이
나를 바라보고 있었다

"닦고 조이고 기름 치자."

이 문장은 4차 산업혁명이 도래한 지금도 유효하다

남도
빈들
빈 길 위에
종일

뜨거운 바람과 햇살

인적 없는
파란 도화지 위에 숨 쉬는 것은
저항하지 않는
풀과 나무

내가 하는 말을 네가 못 듣고
네가 하는 말을 내가 못 들어
가까스로 숨 쉬지만
모퉁이를 돌 때마다
벅차오르는 것의 정체는

그리움일까
사랑일까

처음 가는 길
앱을 열고 목적지를 입력한다
편안한 길, 최단 거리, 자전거 우선 도로
3가지 길 중에 하나를 선택한다
선택한 길을 앱이 알려주는 대로 페달을
밟는다

다른 길도 있을 것이다
사람들이 선택하지 않는 길
내가 가려고 했던 길

그 길을 알려주는 앱은 없다
스스로 알아서 가야 한다

마흔일곱 번째 날

왜?

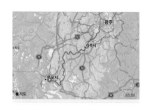

🚴 2021. 6. 9. 10:22
사이클링

거리	상승 고도
91.98km	**221**m

이동 시간
5:26:31

일시 정지된 시간	총 시간
4:09:42	**9:36:13**

☐ ELEMNT BOLT 기록됨

머무를까

떠날까

머물러야 했지만

떠난 자리

사는 건 왜

모두

영화 같지?

인생에 계절이 있다면
마흔까지는 봄이다
어느새 뜨거웠던 여름이 지나고
가을의 중심에 서 있다
가을은 책을 가까이 하기에도 좋지만
자전거를 타기에 가장 좋은 계절이
가을이다

마흔여덟 번째 날

갑장

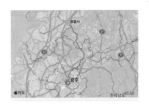

🚴 2021. 6. 10. 13:36
사이클링

거리
77.29 km

상승 고도
532 m

이동 시간
4:47:08

일시 정지된 시간
1:07:12

총 시간
5:54:20

🔲 ELEMNT BOLT 기록됨

목포 영산강 하구 길에서 라이딩 중인 퇴역 장교를 만났다
갑장인 인연이 겹쳐 이야기 나누며 광주까지 동행했다
동병상련처럼 금세 친해져 늦게까지 술을 마시고 트윈룸을
빌려 동숙했다
다음 날 아침 친구는 거뜬히 일어나 섬진강을 향해 출발했다
배터리를 장착한 전기 자전거의 위력을 확인하는 순간이었다
숙소 현관에서 먼저 보내고
숙취와 전기 자전거와 대결의 후유증이 겹쳐 조금 더 휴식을
취했다
12시까지 꼼지락거리다가 점심을 먹고 2시쯤 정읍을 향해
출발했다
정읍까지는 78km를 가야 하니 7시쯤 도착하겠다

대나무 숲길을 지나며 담양까지는 편안한 길이었다

담양을 지나자 조금씩 오르막이 시작되었다
그 길이 내장산을 넘어가는 길인 줄 전혀 몰랐다
길은 골짜기처럼 점점 깊어지고 빗방울이 떨어지기 시작했다
시야도 갑자기 어두워졌다
차들의 통행도 드문드문 불쑥 산신령이라도 나타날 것 같은
길을 비를 맞으며 꾸역꾸역 페달을 저었다

가을,
하늘을 바라보면 아득하고
바람은 감미롭고
숲이 변하는 모습에서 영감을
얻는다

봄이 청춘 같다면
가을은
지금,
내가 닮아가는 계절

언제,
어느 곳에서 든
아이들은 자라고
어른은 늙는다

가을처럼
지고 싶다

마흔아홉 번째 날
눈물의 씨앗

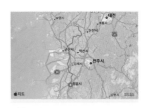

⚥ 2021. 6. 11. 10:31
사이클링

거리	상승 고도
114.30km	**305m**

이동 시간
6:52:41

일시 정지된 시간	총 시간
2:12:22	**9:05:03**

🔲 ELEMNT BOLT 기록됨

비를 맞은 피터가 또 신음 소리를 냈다

너도 힘이 드니?
아픈 건 아니지?

치과 진료가 미뤄지며 결국 부작용이 나타나기 시작했다
임시치아에 금이 가고 깨지고
입술과 혀는 부르트고 밥 먹기도 힘들고....

만경평야를 달릴 때 편의점 아주머니는
머리가 길어 또래 여자인 줄 알았다고
힘내라며 히말라야 미네랄 소금을 챙겨주셨다

힘을 내 다시 또 달린다
김제 대야 오일장에서 방울토마토 오천 원어치 샀다
먹고 힘을 내야지 내일은 특별한 날이다

길에서는
풀과 나무가 자라고
시장에서는
사람이 자란다

아무도 없는 텅 빈 길을
하염없이 가다 보면 나도 모르게 눈물이 난다
나는 눈물이 나는 이유를 모른다

뚝뚝 눈물이 떨어진다
눈물이 많아진 이유도 모르겠다

오랫동안 혼자 여행하면
마음 안에 고이는 호수인가?

사는 게 똑
영화 같을 때가 있다

고요는
늪처럼 빠진다
끌어당기는 힘은
누렁이 황소만큼 세다

깊이 빠지거나
무작정 기대던
어느 날

고요 속으로
피터와 달렸다

쉰 번째 날
원플러스 원

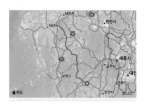

🚴 2021. 6. 12. 10:29
사이클링

거리	상승 고도
86.51 km	**710** m

이동 시간
10:34:11

일시 정지된 시간	총 시간
6:18:43	**16:52:54**

☐ ELEMNT BOLT 기록됨

어제는 가장 긴 거리를 달렸다
서산에 계시는 선생님을 빨리 보고 싶었나 보다
숙소에서 맥주 한 캔을 마셨는데 초저녁에 잠이 들었다
예외 없이 3시쯤 잠이 깼다

아침에 편의점에서 죽과 커피를 샀다
죽은 2+1, 커피는 1+1
인연 행운 친구 미인.... 도
플러스해 주면?

죽이 3개니까 12시 2시 4시에 하나씩 먹으면 되겠다
오늘은 어떤 식당에 가야 할지 고민하지 않아도 되겠다
부여를 떠나 12시쯤 그늘이 있는 한적한 곳에서 첫 번째 죽을
먹었다
바람이 분다

그늘 안으로 시원한 바람이 불었다

선생님~
10시쯤 부여를 떠나 서산을 향해 열심히 페달을 젓고
있습니다 6시 언저리에 도착할 것 같아요

집에 가까이 갈수록 울컥하는 순간이 많아진다
2004년 제주 중문에서 처음 아이언맨 대회 완주를 눈앞에
두었을 때 비슷한 감정이다
몸 안에 마음 안에 있던 것이 모두 빠져나가고 나면
이런 울컥하는 기분이 드나 보다
날아가는 새를 보아도
지나가는 아이가 손을 흔들어도
강아지가 놀란 듯이 멍멍 짖어도
시원한 바람이 불어도 울컥한다
모든 것이 고맙다

서산까지 남은 거리 44km 딱 절반을 남겨두고
운산리 방아다리골 나무 그늘이 있는 갓길에서 두 번째
전복죽으로 점심을 해결했다

타임머신을 탔다 40년을 거꾸로 갔다
그때 그 청년과 지금이 다르지 않았다
그럼, 무엇이 달라진 것일까
늦게까지 마신 술 40년 전 그때도 새벽까지 술

쉰한 번째 날

정글

🚴 2021. 6. 13. 09:41
사이클링

거리   상승 고도
105.06 km   546 m

이동 시간
6:03:38

일시 정지된 시간   총 시간
3:49:15   9:52:53

📱 ELEMNT BOLT 기록됨

먹이를 노리고 끊임없이 달려드는
맹수가 우글거리는 정글

감각을 모두 곤두세우고
갓길 끝에 붙어 외줄 타듯이 달린다

낮과 밤
빛과 어둠

사는 건
익숙해지거나
습관 같은 것

밤새 울음에
얼음 갈라지는 소리가 들렸다
깊이를 가늠할 수 없는 강
이 밤을 무사히 건널 수 있을까?

쉰두 번째 날
원주에 갔다

🚴 2021. 6. 15. 13:11
사이클링

거리	상승 고도
6.93 km	**57** m

이동 시간
41:29

일시 정지된 시간	총 시간
4:49:57	**5:31:26**

⬚ ELEMNT BOLT 기록됨

길에 홀렸을 것이다
산천초목을 흔드는 바람에 홀렸던지

파란 도화지에
풀과 나무로 그린 풍경 위로
바람이 분다

텅 빈 도로를 달리면
또렷이 생각나는 사람이 있다
4k 화질처럼 땀구멍까지 선명하게
움푹 파인 보조개로 웃는 미소도 향기도

미인이 태어나고 자란 곳
친구가 태어나 사는 곳
여행의 마지막 종착지 원주에 갔다

30년 넘게 한결같은 나의 친구 장동호 도자기전
막걸리라고 쓴 주병이 맘에 들었다
글씨가 먼저 눈에 들어왔다
잘 쓴 한글을 보면 가슴이 살짝 뛴다
오래전 광릉 고모리 저수지 물가에 있는 카페
'물'이라고 쓴 이진경 화백의 글씨를 보았을 때도 그랬다
검은색 매트한 느낌의 삼족오도 좋았다
그보다 정호승 선생의 시(廢寺址)가 담긴 도조 작품이 눈길을
잡았다
숙소에 돌아와 샤워하다가 문득 구매하겠다고 전화했다
친구의 작품을 가까이에서 지키고 싶은 마음이 첫 번째였다
다음날, 사촌 동생도 같은 말을 했다고 친구의 아내는 소름이
돋았다고 했다

오랜만에 편안하게 잠을 잤다
집에 온 것처럼

고양이
그는 고독한 영혼
나의 지나친 관심을 거부한다
필요할 때 잠시 다가오지만
내가 가까이 가면 다시 멀어진다
내게 의존하지 않는 그는
안식보다 자유를 선택했다
그래서 나도 그로부터 자유롭다

장동호(고양이를 빚는 도예가)

쉰세 번째 날
산다는 것

봉산동
미인의 고향에 왔다

산다는 것은
변하지 않는 것

그대로
사라지는 것

어느 봄이
미인을 데려갔을까

기와집 대청마루에 앉아
백숙과 막걸리에 젖어 드는
봄밤 같은 밤

쉰네 번째 날

재회

⏛ 2021. 6. 16. 10:23
사이클링

거리
123.19km

상승 고도
615m

이동 시간
6:47:23

일시 정지된 시간
2:02:28

총 시간
8:49:51

▯ ELEMNT BOLT 기록됨

선생님
원주에서 친구 전시 참여하고 뒤풀이가 이어져
지금 출발해요
좀 늦을 것 같아요
그래도 꼭 뵙고 가겠습니다

출발하기 전에 선생님께 문자를 남겼다

여행의 마지막 도시 원주를 떠나 서울을 향해 달린다
삶의 첫 번째 스승님과 30년 만의 조우다
여행 중에 가장 긴 거리를 달렸다
선생님은 함께 살았던 동네 일식집에서
제일 비싼 메뉴로 저녁을 사주셨다
영업시간이 끝날 때까지 이야기는 끝나지 않고
음식은 반이나 남았다

편의점에서 작은 캔맥주를 두 개 샀다
나무 그늘 아래 벤치에 선생님과 함께 앉아
자정이 될 때까지 시간 가는 줄 모르고 또 이야기했다

멋진 모습으로
짠~ 하고 나타나려 했는데 죄송해요
그래도 지금이 최선인 것 같아
맑은 정신일 때 뵙고 싶었어요

생각만 하다가 보내버린 세월
그냥은 용서가 안 돼
반성하는 마음으로
살고 있는 땅을, 페달을 저어
한 바퀴 돌아왔습니다

선생님
고맙습니다

벽을 쌓는 사람들과
물장구치는 오리

비상을 꿈꾸는 사람과
하늘을 나는 새

벽 속에서 사는 사람들과
물속에서 사는 물고기

누가누가 잘하나

쉰다섯 번째 날
흑백사진

🚲 2021. 6. 17. 10:44
사이클링

거리   상승 고도
42.24㎞   221ｍ

이동 시간
2:59:43

일시 정지된 시간   총 시간
37:04   3:36:47

☐ ELEMNT BOLT 기록됨

현관문을 열고 들어오는 순간 동준이냐~ 학생일 때도 회사에
다닐 때도 퇴근 후 회식하고 새벽에 들어와도 지금처럼 문을
열자마자 들었던 같은 목소리
머리가 하얗게 희고 허리가 굽은 여인이 베란다에서 화초에
물을 주고 있었다 다시 고개를 돌려 짐을 정리하는 모습을
한참 바라보다가 이번엔 얼굴이 반쪽이라며 걱정하셨다
세상의 엄마는 모두 첫 번째가 자식 걱정인 게 맞는 것 같다
나이가 들어 어른이 되고 아이들의 부모가 되어도 결코
변하지 않는다
여행하는 동안 늘 아이들 생각을 한 것도 같은 이유일 거다

글을 퇴고하는 중에 어머니가 떠나셨다
텅 비워진 공간에 시간이 슬로비디오처럼 흐르는 것 같다
멈추려고 하는 기운과 앞서가려는 힘이 시공간에 첨예하게

얽혀있다
지난 일들이 생각났다

오래전 나의 아내였던 아이들의 엄마는 어느 날 갑자기 달랑
가방 하나만 들고 친정행을 선택했다
아이들 곁을 떠나 치매에 앞이 보이지 않는 어머니를 수발했다
4학년 둘째 늦둥이 겨울방학이 시작한 날이었다
그날이 마지막이었다
무엇이 잘못된 것이었는지 그땐 몰랐지만, 잘못된 선택이 어떤
결과를 낳는지, 시간이 지나고 나면 확실하게 깨닫게 된다
전쟁을 치른 것처럼 모두가 피해자가 되었다
가슴에 난 구멍 사이로 늘 찬 바람이 불었다

그로부터 수년 동안 장모님이 돌아가실 때까지 모두의 멍에를
홀로 안고 아내는 어머니 곁을 지켰다
수학이나 과학처럼 적확하고 분명하게 가늠이 되는 건
아니지만 질과 양으로 비교해 보면 막내보다 아내가 훨씬 더
혹독하고 힘든 시간을 보냈으리라 하지만 어머니를 사랑하고
위하는 마음은 비교할 수 없는 것이며 또한 서로 다르지도
않을 것이다

사랑의 힘이란
우주처럼 끝을 알 수 없고
가늠이 되지 않는다

누군가를
무엇이든
마음을 다해 사랑한다는 것은
사랑받는 것은
정말 엄청난 일이다
위대한 일이다 하여
사랑을 잃는다는 것은
영혼이 떠나는 것
껍데기로 사는 것

헤어짐에 점점 익숙해지는 것은
나이가 드는 탓
덜 망설이고
덜 고민하는 것도

헤어질 결심은
망설임이 차곡차곡 쌓인 곳에
아주 깊숙이 빠져버리는 것

집에 도착하고부터 걷기가 힘들었다
왼쪽 발목이 붓기 시작하더니 밤새 통증으로 잠을 설쳤다
날이 새고 아픈 발을 움직일 수가 없다
마지막 날 원주에서 서울로 페달을 밟을 때 통증의
전조증상이 느껴졌다

왼쪽 복숭아뼈 아래를 바늘로 살짝 찌르는 것 같은 느낌이
주기적으로 계속되었다

전날 저녁 친구 전시 뒤풀이 후유증까지 겹쳐 컨디션은 최악의
상태인데 햇볕은 쨍쨍하고 바람은 한 점 없고 덥고 수면
부족으로 졸리고 가야 할 거리는 여행 중 가장 긴 128km
그래도 서울에 가까이 갈수록 사람들의 모습이 보이면서 왠지
고향에 온 것 같은 느낌이 잠시 피로를 잊게 해주었다

55일 동안 3,000여 km를 자전거를 타고 달리는 동안 8할은
인적 없는 텅 빈 길을 달렸다
그렇게 여행의 목적은 사람들의 곁을 떠나 보는 것이었다
하지만, 습관 때문인지 환경의 영향 때문인지 여행 막바지에
사람이 반가운 이유는 무얼까
그것이 무엇인지 몰라도 사람에게 좋은 감정을 품고 있다는
것은 왠지 다행이라는 생각이 들었다

서울에 도착해서 선생님을 만나 엘리베이터가 고장 난 건물
2층 일식집에서 저녁을 먹었다
식사를 마치고 선생님의 도움으로 짐을 옮겨 같은 건물 5층
숙소에 머물게 된 것도 묘한 상황이었다
아침에 일어나 혼자 낑낑거리며 힘들게 짐을 들고 내려왔다
먼저 약국을 찾아 진통제와 근육 이완제를 입에 털어 넣었다
이제 집에 가자 하고 페달을 밟는데 문득,
옛날이 생각났다 스무 살 그때를 떠올리며 고덕동 주변을

라이딩하다 길을 잘못 들었다

아는 길이라고 내비게이션을 켜지 않았는데 새 도시가

세워진 것처럼 주변이 너무 많이 달랐다

아이가 어른이 된 것처럼 키가 쭉 자란 고층 건물들이 하늘을

가려 그때와 같은 길인데도 다르게 보였다

피터는 아는 길에서 길을 잃고 헤매다가 유턴 할 수 없는 길에

들어 미사리까지 역주행했다

약을 먹었는데도 통증은 멈추지 않고 계속해서 성을 냈다

집으로 가는 길이 쉽지 않았다

우연처럼 겹치는 묘한 인연들 여행의 의미를 기억하라는

어떤 계시일까, 주문일까?

아무튼,

집에 도착할 때쯤 성을 부리니 얼마나 다행인가

이런 것을 아이러니라고 하는 것일까?

그동안 열심히 달렸으니 이제 좀 쉬라는 뜻인가 보다 하지만,

다 좋은데 통증을 참는 건 너무 힘들다

여행하는 동안 몸무게가 8kg 줄었다

아랫배는 금이 갔지만 아직 알에서 부화되지 못했다

알에서 깨어나려면 시간이 더 필요한 것 같다

하지만, 몸이 가벼워진 것은 확실하다

왼쪽 다리를 움직이지 못하고 침대를 뒹굴며 아무 생각 없이

이틀째 쉬고 있다

제 자리로 돌아왔지만, 대부분이 익숙한 듯하면서도 낯설다
방안이 동굴 속 같아 답답하다
나는 동굴 속에서 무엇을 또다시 시작해야 하는 건가?

말 없는 말들이
끝을 알린다

아니다
끝은 아니다

언제나 지금이고
언제나 시작이다

끝은 알 수 없다

연극이 아니다
막을 내린다고
끝나는 것이 아니다

사는 건
달라지지 않는 거다
지금처럼 늘
그 자리에 있는 거다

55일 동안 3,000여 km를 달렸다
장딴지에 힘이 더 생겼다

몸은 가벼워지고 말이 더 줄었다
비워진 자리에 뭔가 채워진 것이 있는데
분명하게 말할 수 없다

원시시대 호모사피엔스의 생활은
아이러니하게 활동하는 시간 보다 잠을 자는 시간이
우선이었다고 한다
잠을 자다가 필요할 때 일어나 활동하는 것이 본래
루틴이었다
여행은 원시시대 호모사피엔스의 루틴으로 돌아가는
웜홀을 통과하는 과정인 것 같다
그렇다면 떠나기 전과 달라진 것은 무얼까

내면에서 소용돌이치던 바람이 잔잔하다
오랜만에 깊은 잠을 잤다
꿈속에 흑백사진이 벽에 걸려있다
사진 속에 나는 나를 바라보고 있다

> 모든 닿을 수 없는 것들을 사랑이라고 부른다
> 모든, 품을 수 없는 것들을 사랑이라고 부른다
> 모든, 만져지지 않는 것들과 불러지지 않는
> 것들을 사랑이라고 부른다
> 모든, 건널 수 없는 것들과
> 모든, 다가오지 않는 것들을 기어이
> 사랑이라고 부른다
> 　　　　　　　　　　　　바다의 기별/김훈

아이들은 아이들의 숫자만큼
다른 아이들의 길이 있다
아이들이 커서 어른이 된다 하여,
어른도 어른들의 숫자만큼 다른
어른의 길이 있다

자전거를 타고 달리는 순간만큼은
어느 것에도 간섭받지 않고 나의
길을 가는 것이다
산다는 것도 자전거를 타듯이
나의 길을 찾아 나의 이야기를
쓰는 것이다

혼자일 때,
외로움이 찾아들 때
자전거를 타고 하엽없이 달리면
바람과 햇살과
풀과 나무가 친구가 된다

가끔, 내가 아무것도 아닌 것 같은
보잘것없다는 생각이 들 때,

자전거를 타고 먼 곳까지 무작정
달리다 보면 문득 드는 생각이 있다

나는
내가 선택한 한 사람의 한쪽
아이들의 아버지
친구들의 친구
작은 별 지구촌의 시민
끝없이 넓고 큰 우주의
지적 생명체
우리는 모두 소중한 사람이다

사는 건 꼭 자전거를 타는 것과
같다 처음엔 자전거를 배울 때처럼
누군가의 도움이 필요하다 그리고
자전거에 올라타면 내려오기
전까지는 끊임없이 페달을 밟아야
한다

어떤 사람은 크고 화려한 집에 살
듯이 고급 자전거를 타고

어떤 사람은 화려한 스펙에 줄을 타고
고속 승진하듯 빠른 속도로 달린다
목표에 도달하려면 어쨌든, 자전거를
타듯이 끊임없이 페달을 밟아야 한다

자전거를 타고 하염없이 달리면
반도 삼천리가 화려강산이란 것을
저절로 느끼게 된다 한반도는 정말, 우리
모두에게 무궁화 삼천리 화려강산이다

사월이 시작되었다
사월은 흐릿하면서 몽환적이다
꽃비 맞으며
흔들리는 아지랑이 속을 달린다
땅이 움직이고
봄비에 개울이 불어 넘치기도 하지만
달팽이처럼 느리고 조금
지치기도 한다

봄이 코앞에 왔다
봄은 자전거 타기에 정말 좋은 계절이다

봄에 자전거를 탄 청년의 모습은
아름답다

첫 번째 책을 내고 두 번째 책이
나오는 데 10년이 걸렸다
몸으로 글을 쓰고 책을 낸다는 것은
결코 쉬운 일이 아니었다

그동안 잘 꾸미는 일이 나의
직업이었다 어느 날 문득 잘 꾸미기
전에 잘 가꾸는 것이 더 중요하다는
것을 깨달았다
잘 가꾸기 위해서는 몸을 더 많이
움직여야 한다는 것도....

끝으로 잘 자라준 두 아들에게
고맙다 살면서 방향을 잃었을 때
이정표가 되어주었다
동호, 홍기, 인다, 원식....
친구에게도 고마움을 전한다
                              사월에 j

2000 마일
자전거를 타고 달릴 때 내가 하고싶은 이야기
양동준

2024년 7월 25일 초판 1쇄 발행

글/사진 양동준
발 행 인 조동욱
편 집 인 조기수
펴 낸 곳 헥사곤 Hexagon Publishing Co.
등　　록 제 2018-000011호 (2010. 7. 13)
주　　소 경기도 성남시 분당구 성남대로 51, 270
전　　화 070-7743-8000
팩　　스 0303-3444-0089
이 메 일 joy@hexagonbook.com
웹사이트 www.hexagonbook.com

ⓒ 양동준 2024 Printed in Seoul, KOREA

ISBN 979-11-92756-46-2 03810